第27号 2025 No.27 目次

■表紙裏／窮理逍遙（二十）むかし気質のエーラース：佐藤文隆

■裏表紙裏／窮理の種（二十六）竹隠のひととき：川島禎子

■表紙画／高木隆司「高知県のモネの庭」（二〇二三年三月）

私は数年前に、高知市の高知県立文学館での講演の後、高知県のモネの庭を訪ねたことがあります。高知市の東方50kmのところにある川の一部が、大きな池のように膨らんでいて、周囲の森林とマッチしていたことを記憶しています。

■裏表紙画／細谷暁夫「青梅」（二〇二二年六月九日）

青梅やこつりと落る石の上（寺田寅彦）

六月の初旬に描きました。水彩画の先生が駐車場の近くの梅のひと枝を鋏で切ってくださいました。まだ、色づいていない青梅で硬そうで枝も鋭角的です。

亡くなった女房は、ガラス瓶に青梅と焼酎と氷砂糖を入れて梅酒を作り、夏の飲みものにしていました。

オッペンハイマーの謝罪と回想

山崎 正勝

昨年三月の映画「オッペンハイマー」日本公開後、ロバート・オッペンハイマーが日本人被爆者に謝罪したという話が紹介された。それは一九六四年に広島女子大学の理論物理学者で被爆者の庄野直美が、「広島・長崎世界平和巡礼団」の一員としてアメリカに渡り、プリンストン高等研究所にオッペンハイマーを訪問した時のことで、オッペンハイマーは、「広島・長崎のことは話したくないので、かんべんしてほしい」と、庄野に語り掛けた（注1）。そのときに通訳を務めた、タイヒラー曜子（旧姓・浦田曜子）によると、オッペンハイマーは涙を流しながら「ごめんなさい、ごめんなさい、ごめんなさい」と謝るばかりだったという（注2）。

一 「物理学者たちは罪を知ってしまった」

オッペンハイマーが原爆製造と投下について「謝罪」と思えるような言葉を語ったのは、これより一七年前の一九四七年のことだった。彼はマサチューセッツ工科大学で行った講演「現代世界における物理学」で、「物理学者たちは罪

やまざき・まさかつ。一九四四年生まれ。東京工業大学大学院理工学研究科博士課程修了。理学博士。三重大学教育学部、東京工業大学工学部人文社会群、同大社会理工学研究科経営工学専攻を経て、現在、東京工業大学（現 東京科学大学）名誉教授。専門は科学史、科学論。各国の核開発の歴史を追究。主な著書に『原爆はこうして開発された』（共編著）、『日本の核開発』など。趣味は音楽鑑賞、散歩、テレビ放映映画鑑賞。

（注1） 庄野直美『人間に未来はあるか』勁草書房（一九八二年）一四九〜一五〇頁。

を知ってしまった」と述べた（注3）。この発言の部分を引用してみよう。

戦時中のわが国の最高指導者の洞察力と将来についての判断によってなされたこととはいえ、物理学者たちは、原子兵器の実現を提案し、支持し、そして最終的にはかなりの程度まで実現したことについて、特に深い責任を感じていた。また、実際に使用されたこれらの兵器が、現代の戦争の非人道性と邪悪さを容赦もなく劇的に示したことも忘れてはならない。下品な言葉やユーモアで消し去ることのできない粗野な意味で、物理学者たちは罪を知ってしまった。そして、これは彼らが失うことのできない知識である。

これにはマンハッタン計画に参加していた科学者たちから、多くの戸惑いと異論があがった。特にオッペンハイマーとともに原爆計画に参加したアーネスト・ローレンスは、「私は物理学者であり、物理学によって罪を知ることになったとしても、失うべき知識はない」と反発した（注4）。数学者のフォン・ノイマンも、「時には、自分の功績として罪を告白する人もいる」と皮肉交じりの言葉を残している（注5）。

この言葉は日本への原爆投下後に発せられたため、「罪」とは原爆の製造と

（注2）NHK NEWS「オッペンハイマー〝涙流し謝った〟通訳証言の映像見つかる」https://www3.nhk.or.jp/news/html/20240620/k10014486571000.html 二〇二五年一月二〇日閲覧。

（注3）J. Robert Oppenheimer, "Physics in the Contemporary World," *Bulletin of Atomic Scientists*, Vol. 4. No. 3. (1947) pp. 65-68, 66.

（注4）Herbert Childs, *An American Genius: The Life of Ernest Orlando Lawrence, Father of the Cyclotron*, E. P. Dutton & Co, Inc. (1968) p. 405.

使用に対する贖罪のように聞こえる。ドイツの劇作家、ハイナール・キップハルトは、一九六五年に戯曲『オッペンハイマー事件』を書いた（注6）。これは欧州を中心に上演され、日本でも劇団青俳の舞台は好評を博した（注7）。この戯曲は、一九五三年のオッペンハイマーの聴聞会の公式記録に基づいていたが、最終場面のオッペンハイマーの独白はキップハルトの創作で、「われわれは、軍の仕事に奉仕しました。そして、わたしは、そのことが間違っていたということを身にしみて感じます。…わたしは今後は戦争の目的のためには、奉仕しないつもりであります」とあった。オッペンハイマーは、この最終場面の独白に激怒し、訴訟も辞さないという手紙をキップハルトに届けたほどだった（注8）。

オッペンハイマー自身は一九六五年八月五日の米国CBSニュースのインタビューで、次のように原爆による死者に対する罪ではなかったと述べ、その代わりに罪というのは、キリスト教の七つの大罪の一つである、「傲慢の罪」だと述べている（注9）。

> ずっと以前に、私はかつて、下品な言葉やユーモアで消し去ることのできない粗野な意味で、物理学者たちは罪を知ってしまったと言いました。それは、私たちの研究の結果として引き起こされた死を意味してい

（注5） Craig Nelson, *The Age of Radiance: The Epic Rise and Dramatic Fall of the Atomic Era*, Scribner (2014) p. 220.

（注6） 岩淵達治訳、ハイナール・キップハルト『オッペンハイマー事件』雪華社（一九六五年）。

（注7） 笠啓一「記録者の条件 劇団青俳公演・キップハルト作『オッペンハイマー事件』」『新日本文学』（一九六六年三月号）一五〇―一五三頁。

（注8） カイ・バード・マーティン・シャーウィン『オッペンハイマー』早川書房、下、四一四―四一五頁。

たのではありません。私が意味したのは、私たちが傲慢という罪を知ってしまったということです。私たちは、人類の歴史の流れを、一つの大きな潮流となる方向に変えようとしました。私たちは、人間にとって何が良いかを知っているという誇りを持っていました。そしてそれは、責任を持って従事した多くの人々に影響を与えたと私は思います。（しかしこれは科学者の本来の仕事ではありません。

英語では、傲慢の罪は、"sin of pride"という。引用文の中には、"pride"（誇り）という言葉が、すぐ後に出てくる。そこには「私たちは、人間にとって何が良いかを知っているという誇りを持っていました」とある。その前の文章と組み合わせると、ここでのオッペンハイマーの主張は、「マンハッタン計画に参加した物理学者たちは、人間にとって良い方向に歴史を変えようとした」が、それはおごり（傲慢）で、しかも、それは「科学者の本来の仕事」ではないとなる。

二　科学者本来のものではない仕事：ニールス・ボーアの示唆、原爆の先にある「偉大な希望」

ニューヨークの裕福なユダヤ人の家庭で育ったオッペンハイマーは、ヒトラーが先に原爆を持つことを恐れて、原爆計画に参加した。アメリカの原爆研究が

（注9）Marton J. Bernstein, "Understanding the Atomic Bomb and the Japanese Surrender: Missed Opportunities, Little-Known Near Disasters, and Modern Memory" *Diplomatic History* Vol. 19, No. 2 (SPRING 1995), pp. 227-273, p. 270. この時の映像は、次のサイトで見ることができる。https://www.cbsnews.com/news/j-robert-oppenheimer-atomic-bomb-use-japan-cbs-1965-interview/

始まった当初、科学者の組織は、一九三〇年代にノーベル賞を受賞した三名の科学者、アーサー・コンプトン、ハロルド・ユーリー、アーネスト・ローレンスが指揮を執り、それぞれ原爆の研究開発、同位体の化学的分離、電磁法による同位体分離を担当した。オッペンハイマーに最初に声を掛けたのは、彼と同じカリフォルニア大学バークレイ校にいたローレンスで、コンプトンが進めていた爆発的な連鎖反応の研究の補助をするよう頼んできた（注10）。

オッペンハイマーはノーベル賞こそ取っていなかったが、誕生したばかりの量子力学を、アメリカに持ち込んだ最初の理論物理学者として知られていた。彼は最初イギリスで実験物理学を学んだが、デンマークの物理学者で、量子力学の形成の世界的な中心人物だったニールス・ボーアに会った後、量子力学の生地、ドイツのゲッチンゲン大学に移った。この地こそ、若いウェルナー・ハイゼンベルクが、今からちょうど百年前の一九二五年に量子力学の最初の形式である行列力学を作り上げた場所だった。オッペンハイマーは、そのハイゼンベルクの師であったマックス・ボルンの下で、ボルン・オッペンハイマー近似として知られる、二つの水素原子が水素分子を形成する理論をまとめた。帰国直後の一九三〇年に彼は、イギリスのディラックが始めた相対論的な量子力学の研究を引き継ぐ論文を書いた。ディラックの方程式には、電子と反対の正の電荷の状態が伴っていたが、ディラック自身は当時、それを電子よりもはる

（注10）例えば、山崎正勝・日野川静枝編著『増補 原爆はこうして開発された』青木書店（一九九七年）第2章「研究開発の組織化」を参照。

かに重い陽子だと考えていた。オッペンハイマーは、その状態の粒子の質量は電子と同じでなければならないことを示した。今日の言葉で言えば、電子の反粒子の陽電子である。しかし、オッペンハイマーは、ディラック方程式に懐疑的だったため、陽電子の存在の明確な予言には至らなかった（注11）。陽電子は、一九三二年に同じ米国人のカール・デイヴィッド・アンダーソンによって発見された。こうした業績は、理論物理学者としてのオッペンハイマーの評価を高めた。

コンプトンがいたシカゴ大学に、秘密の研究所、冶金研究所が作られると、コンプトンは、その研究所を原子炉によるプルトニウム製造計画に特化し、彼がもともと引き受けた爆弾の研究をオッペンハイマーに委ねることにした。一九四二年にレスリー・グローブスを責任者にマンハッタン計画がスタートすると、オッペンハイマーが提案したロスアラモス研究所の設置が正式に決定された。

しかし、オッペンハイマーにとっては、ヒトラーへの対抗とはいえ、原爆のような巨大な破壊兵器を作るのは「身の毛もよだつ」ことでもあった。彼は一九四三年末にボーアに会った。ボーアは、ドイツが占領したデンマークを脱出し、ロスアラモスにやってきて、オッペンハイマーに、原爆が十分巨大な破壊力を持てば、戦争のない世界が実現できると語った（注12）。ボーアの話は、

（注11）
H. A. Bethe, "J. ROBERT OPPENHEIMER," *Biographical Memoirs*, Vol. 71, pp. 175-220, the National Academies Press: https://doi.org/10.17226/5737.

（注12）前掲書、注8、中、第20章。

オッペンハイマーにとっては、次への希望に見えた。原爆を造ることで核開発競争をなくす、そしてさらに核兵器の廃絶を目指そうということである。一見矛盾することがオッペンハイマーの中では、分かちがたい目標とされた。同様の趣旨は、一九四五年八月一七日のヘンリー・スティムソン陸軍長官への手紙にも表れている。そこには原爆に対抗する手段はないので、国際的条約を結んで核兵器とともに、戦争そのものを止めるべきだと書かれた（注13）。しかし、その後の推移は、オッペンハイマーの期待とは正反対の方向に進み、ソ連が核実験に成功すると、トルーマン大統領は、オッペンハイマーらが強く反対した水爆の開発と一九五二年一一月一日の実験へと進んだ。

三　アイゼンハワーの核戦略と保安許可の取り消し

一九五三年一月にドワイト・アイゼンハワーが共和党から大統領に就くと、彼はニュールックと呼ばれる社会主義国の封じ込め政策をとり、核兵器を搭載した爆撃機で包囲する戦略を展開した。このためには、小型化した水素爆弾（核融合爆弾）が必要だった。トルーマン時代の水爆は、液化した重水を使ったため、高さ二〇メートル近い巨大な冷凍装置のようなものだった。小型化には固体の重水素化リチウムを使う核融合が用いられ、各種の実験が行われた（注14）。そのうちの一つが、第五福竜丸の被災を生んだ一九五四年三月のブラボー実験

（注13）
Letter from J.R. Oppenheimer to Henry Stimson: https://teachingamericanhistory.org/document/letter-to-secretary-of-war-henry-stimson/

（注14）
Wikipedia: Operation Castle: https://en.wikipedia.org/wiki/Operation_Castle

で、広島原爆の千倍のエネルギーが放出された。

オッペンハイマーはこの時期に、ソ連のスパイだという容疑を掛けられて聴聞会に呼び出され、保安措置（国の秘密情報に接近できる資格）の取り消しにあった。アイゼンハワーは事前に、その計画を知らされ、その時の報告書に、オッペンハイマーがソ連の手先とする「証拠があるか、大いに疑わしい」と考えたが、彼の保安措置を奪うことには賛同し、その指令を発した（注15）。オッペンハイマーには自ら辞任する道もあったが、あくまでも政府機関に留まりたかった彼は、聴聞会に出たものの、結局、保安措置取り消しの判断が下された。

オッペンハイマーは、一九五七年の春に英国の哲学者のバートランド・ラッセルから、最初のパグウォッシュ会議への招待を受けたが、それを断った。他の科学者や一般の人々とともに核廃絶を目指すことは、オッペンハイマーにはできなかった。弟のフランク・オッペンハイマーは、兄は政府の公的なグループに戻りたかったと述べ、その理由を「一度味を覚えると忘れられない、という類ではないか」と語った（注16）。キップハルトの戯曲と違って、彼は「軍の仕事に奉仕したことが間違っていた」とは思っていなかったのである。

おわりに、広島の物理学者の庄野直美の言葉に戻ろう。米国大統領、フランクリン・ルーズベルトに原爆研究を進める手紙を書いたアインシュタインも、

（注15）前掲書、注8、下、一九九頁。

（注16）同上書、三七一〜三七三頁。

戦後、原爆使用による対ソ予防戦争論を提唱したラッセルも、自身の過ちに気づいて、ラッセル・アインシュタイン宣言にたどり着いたと庄野は述べ、彼らのみならず「人間はみな過ちを犯します。民族や国家も過ちを犯します。しかし、彼らのように過ちを反省して、前向きに生きることこそ大切なのであります。それぞれが反省し、謙虚になって未来を考える以外に、核時代を生き延びる道は開かれないのです」と語っている(注17)。オッペンハイマーにできなかったのは、そのことかもしれない。

（注17）前掲書、注1、二四四〜二四五頁。ラッセルの原爆による対ソ予防戦争論については、次の文献を参照。小野修「バートランド・ラッセルと対ソ予防戦争論」『広島平和科学』一巻（一九七七年）八九—一〇九頁：https://ir.lib.hiroshima-u.ac.jp/00015100

ラッセルの思考の転換を生んだのは、ビキニ事件の衝撃だった。『核時代を生きた科学者　西脇安』東京工業大学博物館（二〇一四年）を参照。https://www.cent.titech.ac.jp/f0ea5fb5c85eddd55580b8a5b54636b80b65972.pdf

人工知能狂想曲

細谷 晴夫

知能を司るのは脳である。脳のようなものを人工的に創ってみたいというのは、従来から一部の科学者たちの夢ではあった。けれど、まさかそれが現実のものになるかも知れない、などという時代が来るとは誰が想像しただろう。

人工知能なんていうのは、本来ただのテクノロジーだったはずなのだ。スマホの写真アプリがずいぶん正確に人物を認識して、驚いたとか、便利になったとか。そう言っているうちに画像生成モデルだの、言語モデルだのが出てきて、世間は大騒ぎ。

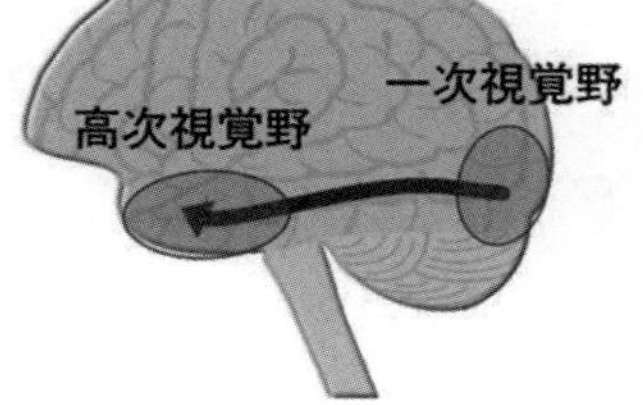

脳の視覚系の経路。一次視覚野から始まり高次視覚野に至るまで、複数のステージからなる。

人工知能は人間に近づいてきたのだろうか?

人工知能研究の源流は脳科学にある。脳の視覚系には、いくつものステージからなる多層構造があることが古くから知られている（図参照）。「深層学習モデル」は、それに触発されて作られたとされる。ただし脳の構造そのものから

ほそや・はるお。一九七二年生まれ。東京大学大学院理学系研究科情報科学専攻修了。理学博士。ペンシルバニア大学、京都大学数理解析研究所、東京大学大学院情報理工学研究科、JSTさきがけ、を経て、ATR脳情報通信総合研究所に現在勤務。専門は計算機科学、計算神経科学、人工知能学。趣味はクラシックピアノ。

は簡略化され、抽象化され、改変され、性能を最適化に最適化を重ね、今の形になっている。画像認識能力は驚異的で、人間並みかそれ以上だ。

もうひとつ脳の視覚系には、認識をする順方向の経路のほかに、想像をする逆方向の経路もある。それに準えたのが「画像生成モデル」である。もともとは学習アルゴリズムを設計する上で、技術的な事情から生成過程というものが考案された。地味な分野だったが、いつの間にか本物のような写真、人間が描いたような絵が生成できるように進化した。これも驚異的だ。

脳には報酬に基づいて行動を決める系がある。それに倣って考えられたモデルが「強化学習」である。これに深層学習を組み合わせ、ありとあらゆる技術的な工夫を凝らしたのが、囲碁などのゲームの人工知能だ。センセーションを巻き起こした。勝てる人間はいなくなった。

今日最も取り沙汰されている言語モデル。構造は脳からかけ離れているが、意外に言語の学習に適していることが分かった。学習のしかたも、インターネットの大量のデータに基づいて、次に現れる単語を予測する能力を最大化するというものだ。人間とは明らかに違う。ところが、出力を見るとまるで人間が書いたようで、驚愕である。

どの人工知能モデルも、脳みたいなものを作ろうとしたというより、研究者たちがいろいろな技術を試しているうちにブレイクスルーを掘り当てた、といったところが実情だ。当の研究者たちも唖然としているのである。

しかし、こうも人間並みの性能が出るようになると、人工知能にできないことはどんなことなのか、気にならないだろうか？

「アブダクション推論」というものがある。何か観測した事象について、「なぜ？」と不思議がっているうちに、「ああそうか！」と閃く、その思考プロセスだ。つまり、観測事象を説明できる仮説を作り出しているのである。知識が知識を生み出す人間の知能の本質だと考える研究者もいる。これが人工的に実現できれば、汎用人工知能の可能性も見えてくる。議論は始まったばかりだ。今のところ途方もなく難しそうである。

人工知能にできないことがあると、ほっとするものがある。まだ人間に追いついたわけではない。だが、これはあくまで現時点での話だ。人類が将来何を発明できるのかはわかるわけがない。それでも人は、人工知能の未来について思いを馳せる。何がいずれできるのかを知りたい。何が本質的にできないのかも知りたい。わくわくするのに、怖くもある。夢を掻き立てられるのに、どこか安心感も欲しいのだ。人工知能が人間には永遠に及ばないという確証が。

計算神経科学という分野がある。脳の仕組みを理論を使って解明しようとする科学である。数理モデルを立てて、脳科学の実験事実を説明する、もしくはモデルから導出された予測を、実験的に検証しようという立場だ。「脳を創る」ことによって理解するという言い方もされる。

脳の理論として人工知能モデルを持ってくるというアプローチがある。意外かも知れない。なぜなら、人工知能モデルというのは、脳の回路構造をそのまま実現したものではないからだ。

なぜ人工知能モデルを使うのか？　それは「学習原理」を仮定できるからである。学習原理とはつまり、脳が環境へ適応するそのなんらかの形態を、数理モデルに落とし込んだものである。そういう環境適応の結果として、脳内の情報処理メカニズムを理解しようという流儀なのである。

簡単な例を見てみよう。「一次視覚野」という脳の領野がある（冒頭の図参照）。視覚の神経中枢で最初の入り口に当たる。この脳領野について、七〇年代の古い実験で明らかになった有名な性質がある。神経回路の最小単位であるニューロンが、線分状の視覚刺激を受けたときに反応が最も強くなるのである。反応する方位はニューロンによって異なる。なぜそんなニューロンがたくさんあるのだろう？

「スパース符号化モデル」という九〇年代に提唱された古典的な理論がある。一つの層だけからなるものすごく単純なモデルだ。これに、写真から切り取った小さい画像の断片だけをたくさん与えて訓練する。ただしモデル内のニューロンの活動がスパース（まばら）であるという制約をかけるのが鍵で、名前の由来になっている。すると、特定の線分方位に強く反応するようなニューロンがさまざまに現れるのだ。一次視覚野にとてもよく似ている。このことから、一次視覚野のこの特性は、自然界からの視覚入力に適応した結果でき上がったのではないか、という仮説が浮かび上がってくるのである。

ところがここで批判が出る。脳はそんなに単純ではないだろうと。一次視覚野は視覚系の他の領野とも繋がっていて、当然いろいろな相互作用がある。実際にスパース符号化では説明できない実験事実はたくさんある。

だが、待ってほしい。この単純なモデルは間違っていたのか？　ある種の本質を浮き彫りにすることはできたのではないか？　導かれた仮説は理に適っている。一次視覚野をそういう見方で見れば、なるほどと頭を整理できるではないか。

物理学なら通用しそうな議論だが、脳科学となるとなかなかそうはいかない。必ず脳の複雑さの方に話がいってしまう。脳を簡単に理解したことにしてしまいたくないのだ。そんな理論モデルなどは脳ではないと。実際、脳とはまだまだ距離があると分かると、ある種の安堵感が出る。

もちろん、批判された側からすれば、それで引き下がることなどできない。脳の謎にできるだけ近づきたいからだ。かくして、複雑なモデルを目指して邁進するのである。

「高次視覚野」という脳領野がある（冒頭の図参照）。視覚系の最終ステージで、物体認識などを担っているとされる。高次と言われるだけあって、さぞかし複雑怪奇な情報処理が行われているだろうということは、想像に難くない。二〇一〇年代、その高次視覚野のモデルとして、深層学習が意外に良さそうだということが分かってきた。多層構造など視覚系の特徴を反映していて、脳と類似性のあるモデルではある。今の人工知能ブームのきっかけになったモデルでもあるために、注目を浴びた。

ここでモデルの良し悪しの尺度として使われたのが、「予測精度」である。つまり、ニューロンの活動パターンをどれだけ予測できるかということだ。もちろんモデルの訓練に使われないデータでの予測だ。予測精度は一つの数値で得られる。だから分かりやすい。脳への近さが一目で分かるというわけだ。

深層学習の予測精度はかなり高かった。だから、ある程度の近さは認めざるを得ない。それにもかかわらず、高次視覚野のモデルとしての深層学習という提案には、多くの研究者が強烈な違和感を感じたのだ。もちろん、脳の視覚系とは明らかに構造的に異なる点も多々ある。だから、口々にその違いを強調しようとした。また、予測精度は高いと言っても一〇〇パーセントよりは低い。そこがまた批判の対象となる。

批判された側としては、引き下がるわけにはいかない。脳との近さが数値化されたこともあり、数値競争がすぐに始まる。予測精度の高いモデルが正しい、低いモデルが間違っている、という風潮ができあがる。競争を掻き立てられた結果、複雑怪奇なモデルが次々提唱された。

だが、ここでふと立ち止まって考える。もともとどうしてモデルを立てようとしていたのだったろう？　高次視覚野が物体認識を実現している、その仕組みを理解したかったからだろう。ところが、高い予測精度を叩き出せるモデルは、往々にして複雑なモデルだ。そういう複雑なモデルは中で何が起こっているのか、理解するのがひどく困難なのだ。深層学習の理解の問題はもう二十年以上立ちはだかっている壁だ。どこで道を見失ったのだろう？

脳を創って理解する。このアプローチで、すごい人工知能は生まれるのだろうか。世間的にはそう期待されている面はある。しかしながら実情はまだ程遠い。モデルはデータに基づいて構築される。逆に、データ以上のことは語れないのだ。通常、モデルを立てるときには、なんらかの対象となる実験データがあり、それを説明しようとする。もしモデルに、そのデータを説明するために不要な要素があったとする。すると、それは理解を阻害する要因とみなされ、省略することが求められる。「オッカムの剃刀」と呼ばれる科学の原則だ。

つまり理解のためには単純化が必要要件なのである。ところがその単純化によって、人工知能としてできることが少なくなる。分かりやすい例えで言えば、画像認識のためだけならば、画像生成する必要はない。しかし、人工知能としての魅力は減ってくる。脳に近づいているつもりが、脳から遠ざかっているような気になるのだ。

データに制約されるのなら、そのデータをできるだけ増やせば良いではないかと言う話にもなる。実際、最近の脳研究では計測技術の発展と相まって、データの巨大化、全脳データの方向へと進んできている。将来的には、それを使って全脳を模倣した人工知能ができるのかも知れない。いわゆる「脳のデジタルツイン」である。夢のような技術だ。だが、もし仮にいよいよ実現しそうだとなると、とたんに不安が襲って来ないだろうか？

脳を創ると言う話に対して、入り混じるこの高揚感と困惑。この矛盾はなんなのだろうか。

脳は現世最大の謎のひとつだ。科学者は、そういう脳の人工再現にどこまでも挑み続ける。なぜなら、科学者は人類の叡智を体現しているからである。だが、もし仮にその目的を達成してしまい、脳のような人工物ができ上がってみたらどうだろう？　機械に人間を超えられるのは、絶対に受け入れられない。

生存に関わる問題だ。想像するだけで恐怖なのである。

そのような恐怖感が、実は人間の本能に織り込まれているのではないだろうか。それが、さまざまな形で無意識のうちに表に現れるのかもしれない。人工的な脳のようなものが動くことに対する何とも言えない違和感。それは脳だとは思いたくない。時には激しい拒否感ともなる。科学者も人間なのだ。科学的反論にさえ、背後にそういう心理が潜んでいるように思える時も。

「人類は、この世界で最高の叡智を持つ存在である」と、人類は信じている。意識に上らないほど当たり前に。

だが、この認識こそが、矛盾の正体なのではないだろうか。そこには、「叡智を謳歌し追求したいと言う欲望」と、「叡智の結果としてその地位が脅かされることへの本能的な恐怖」の、二つの感情が同居している。これらが、一般人だけでなく科学者たちの内心でも交錯し、せめぎあうのである。

矛盾は人間自身の中にある。

読者の皆さんはどうだろう？

湯川秀樹の歌に学ぶ

松村 由利子

湯川秀樹をはじめとする物理学者が短歌を詠んだのはなぜだろう。第一級の科学者にとって文学とは何か——そんな素朴な思いから調べ始めたことが、『短歌を詠む科学者たち』（二〇一六年、春秋社）を書くきっかけとなった。湯川のほか、精神科医だった斎藤茂吉、理論物理学者から科学ジャーナリストへと転身した石原純、生命科学者の柳澤桂子、実験物理学者の湯浅年子、細胞生物学者の永田和宏、情報工学者の坂井修一ら、計七人の研究者としての歩みと短歌を紹介した一冊である。

実はその前段階として、短歌エッセイ『31文字のなかの科学』（二〇〇九年、NTT出版）を上梓していたことが関係している。これは、さまざまな科学的題材を詠んだ現代短歌を「生命」や「宇宙」「地球」などのテーマ別に集めて鑑賞するという、やや変わった趣向のエッセイ集だった。新聞社の科学環境部という部署で取材していたころのエピソードを収めたもので、記者を辞めてまもない私にとっては、なんとなく書かなければならない「宿題」のように思えてまとめた本である。

取り上げた多くは存命中の歌人らの作品だったが、その中に湯川秀樹の一首があった。

まつむら・ゆりこ。一九六〇年生まれ。歌人。西南学院大学文学部英文学科卒業、同大学院中退。朝日新聞、毎日新聞記者を経て、創作に専念。歌集に『大女伝説』（葛原妙子賞）、『光のアラベスク』（若山牧水賞）などがあり、著書には『31文字のなかの科学』（科学ジャーナリスト賞）、『与謝野晶子』（平塚らいてう賞）、『ジャーナリスト与謝野晶子』（日本歌人クラブ評論賞）、その他、『少年少女のための文学全集があったころ』『短歌を詠む科学者たち』『科学をうたう―センス・オブ・ワンダーを求めて』などがある。創作絵本や翻訳など子どもの本の仕事にも携わる。

起重機はかなたこなたに地下道をほるなり目ざすは巨大加速器
湯川秀樹『深山木《みやまぎ》』

文系出身の私は科学記者になるまで加速器というものを知らなかった。ちょうど科学環境部へ異動した一九九七年の秋、兵庫県佐用町にある大型放射光施設「Spring 8」が供用を開始し、それが素粒子や原子核の研究のみならず、物質科学や生命科学などさまざまな研究分野でも活用されることを取材して、関心を持つようになった。だから、『31文字のなかの科学』を書くために原子力や核科学に関する歌を探していたとき、「巨大加速器」を詠んだ湯川の一首に出会って驚いた。

調べたところ、この歌は一九五六年六月、湯川がジュネーヴでヨーロッパ合同原子核研究所(現・欧州原子核研究機構=CERN)の素粒子加速器の建設工事現場を見学したときに詠まれたものだとわかった。第二次大戦後まもなく設立された国際研究機関は平和の象徴でもあり、世界の注目を集めていた。湯川が見学した二年後にはCERNで加速器を用いた最初の実験が行われた。

『31文字のなかの科学』の「あとがきにかえて」に、私はマリー・キュリーの言葉を引用した。「科学には、おおいなる美がある――わたしはそう考える者のひとりです。実験室にいる科学者は、単なる技術者ではありません。まるでおとぎ話を聞いたときのように胸を打たれて、自然現象の前で目を輝かせている子どもでもあるのです」(エーヴ・キュリー『キュリー夫人伝』白水社より)。マリー・キュリーに限らず、優れた科学者は誰もがこうした「センス・オブ・ワンダー」を持ち続けているが、これは歌人も同じではないだろうか、と思って引用したのである。科学者が日常的な事象の奥に潜む法則や、新しい発見に心を躍らせるのと同じように、歌人もまたありふれた風景の中から美しさや真理を見出し、歌として表現する。「センス・オブ・ワンダー」は歌人にとっても不可欠なものだ。そして、そうであれば、科学者の中に短歌を詠む人たちがいてもちっとも不思議ではないと考え、湯川秀樹の生い立ちや歌との出会いについて調べ始めたのであった。

いろいろ資料を読むと、湯川の父親が地質学者であり、書画や囲碁など幅広い趣味を持ち文学も愛好した人だったことがわかる。家庭には父が折々に買い求めたさまざまな分野の本があふれており、母は東洋英和女学校で学んだ教育熱心な女性だったという。湯川と文学の出会いはごく自然な形だったようだ。随筆には、中学生のころ「こたつに入って、ミカンをむきながら、山家集を一生懸命読んで、大いにセンチメンタルな気分に浸っておったことを、いまでもよく覚えております」といった回想も綴られている。湯川にとって歌を詠むということはさして特別な行為ではなかったのではないか、という気がする。明治時代の教養ある家庭においては、古典和歌をいくつもそらんじ、何かの折に感興を覚えて自ら歌を詠むというのは普通のことだった。湯川は明治四十年生まれだが、明治四十二年生まれの物理学者、湯浅年子もまた研究の傍ら歌を詠み続けた人である。拙著『短歌を詠む科学者たち』で取り上げた七人の科学者のうち、この二人だけはいわゆる歌壇とはほとんど接点がなく、何というか、ごく身近なものとして家庭環境に歌があったように思う。逆に言えば、感情が昂ぶったときに歌が詠まれているので、ちょうど人生の節目で詠まれているということになり、いっそう興味深くもあるのだった。

物みなの底にひとつの法《のり》ありと日にけに深く思ひ入りつつ
天地《あめつち》もよりて立つらん芥子《けし》の実もそこに凝るらん深きことわり
深くかつ遠くきはめん天地の中の小さき星に生れて

これらの歌は「物理学に志して」という詞書が添えられた連作の一部で、湯川が京都大学理学部に入学したころに詠まれたものと思われる。旧制第三高等学校に進学した湯川は、たまたま書店で手にしたドイツの物理学者、フリッツ・ライへ著『量子論』の英訳本を読み、「それまでに読んだ、どの小説よりも面白かった」と述懐している。「小説よりも」という言葉から、少年時代の湯川が理科方面に関心を抱くと同時に、文学にも親しんでいたことがわかる。この本がきっかけでマックス・プランク著『理論物理学』に夢中になり、物理学への道を決意したのだった。万物の根底に「ひとつの法」「深きことわり」があり、それは未だ解き明かされていないのだと思うとき、少年の胸は高鳴ったに違いない。

湯川秀樹は多くの著作を遺した。自らの少年、青年時代を回想したエッセイはとりわけ滋味にあふれ、読む者を魅了する。そうした文章によって人となりはよく伝わってくるのだが、短歌はまた文章とは異なる緊密な韻律をもって当時の心境を伝えるものである。また、そうでなくては湯川本人も歌を詠まなかったのではないかと思う。「詩と科学―こどもたちのために―」と題した文章には、「詩と科学、遠いようで近い。近いようで遠い」と書かれている。湯川は「どちらも自然を見ること、聞くことからはじまる。薔薇の花の香をかぎ、その美しさをたたえる気持と、花の形状をしらべようとする気持ちの間には、大きな隔たりはない」と述べる。まさに「センス・オブ・ワンダー」である。

そんな湯川の歌の中で、特に胸を打たれるのは「原子雲」という小題の付された三首だ。

天地のわかれし時に成りしとふ原子ふたたび砕けちる今
今よりは世界ひとつにとことはに平和を守るほかに道なし
この星に人絶えはてし後の世の永夜清宵何の所為ぞや（注1）

（注1）唐代の禅僧、永嘉玄覚の作とされる「証道歌」の一節、「江月照《こうげつてらし》松風吹《しょうふうふく》 永夜《えいや》清宵《せいしょう》何所為《なんのしょいぞ》」を踏まえているだろう。『雨月物語』に引用されたことで広く知られるようになった。「この永い夜、清らかな宵の景色は何のために存在しているのか」という意味は、見る人もいなくなった荒涼とした地上の光景に問いを投げかける。

一九四五年八月に広島と長崎に原爆が投下されたことは、京大理学部の荒勝文策教授の下で原子核分裂を用いた爆弾開発に携わった経験のある湯川にとって、身を揺さぶられるような衝撃的な出来事だった。「天地のわかれし時に成りし」という表現には、物理学者ならではの強い畏れが感じられる。被害実態への驚愕は恐らく一般の人よりも大きかったはずだ。こうした衝撃を表現するとき、短歌は力を発揮する。多くの言葉を要して文章で表現するのは勿論可能だが、「五七五七七」という定型に圧縮することによって言葉と思いは独特の緊迫感をもって迫ることになる。折々に歌を詠んできた湯川は、縋るような思いで歌に自らの心を注いだのかもしれない。

センス・オブ・ワンダーは科学者にとっても文学者にとっても大切な資質だが、今の時代を生きる私たちにはそれ以上のものが求められているのではないかと最近思うようになった。科学技術の発達はとどまることを知らず、人間の感情や倫理観、法律の変化を待たず、新たな局面が次々に生まれている。例えば、生殖補助技術が発展して多様な選択肢が可能になり、ＡＩやロボット工学の発展により社会の産業構造や軍事状況は恐ろしいほどの速さで変化している。

新しい科学的知見や科学技術がどのように私たちの社会を変える可能性があるか、科学者も一般人もある畏れをもって考えなければならない時代になってきたのではないだろうか。自然や新しい知見にわくわくするセンス・オブ・ワンダーを愉しむだけの牧歌的時代は終わった、と言ってしまうのも寂しいが、原爆投下を知ったときの湯川秀樹の心を思うとき、"sense of fear"とか"sense of awe"と呼ぶべき、科学への畏れの感覚をもつ必要性を思う。

増えすぎた人類の踏む薄氷が割れて世界は沈没しさうだ
香川ヒサ『The quiet light on my journey』

ワクチン開発がウイルス兵器の開発へくるっと変わる戦時のある日
奥山　恵『窓辺のふくろう』

サイエンスとサイエンスの罪を思いおりこの世かぎりの科学者われは
田中　濯『氷』

眼前の美しく不思議な事象に魅了されるだけでなく、まだ見えていない世界――その暗部をも含めた世界を見据える強靱な想像力を備えて初めて、優れた科学研究や文学が成り立つ。短歌も例外ではない。目で見ることのできない量子の世界を突き止めようとした湯川秀樹は、確かにそうした想像力の持ち主だった。

雨降れば雨に放射能雪積めば雪にもありといふ世をいかに
湯川秀樹『深山木』

一九五四年に米国がビキニ環礁で行った水爆実験によって、第五福竜丸の乗組員が被曝したときに詠まれた一首である。水爆実験からひと月もたたないうちに湯川は、「原子力と人類の転機」と題する文章を毎日新聞に寄稿した。「原子力の問題は人類全体の問題である。しかもそれは人類の頭脳に蓄えられた科学知識に端を発するものである。この問題の根本的解決もまた、おそらく人間の心の中からはじまらねばならないであろう」――。湯川は科学者である自分の責任をひしひしと感じつつ、核兵器とそれを巡る世界状況を「人類全体の問題」として提起した。各地で戦争や紛争が絶えない今、「原子力の問題」はより一層現実味を増してきている。また、「原子力の問題」を「気候変動の問題」あるいは「海洋プラスチック汚染の問題」などに置き換えてみることも大事ではないか。誰もが多かれ少なかれ科学の恩恵に浴する現代において、自分は当事者ではないと言い切れる人がいるだろうか。「人間の心の中」にこそ解決のきっかけがあると解いた湯川秀樹の言葉を胸に、自分も拙い歌を詠み続けたいと願う。

ヒトとイヌの関わり
――動物文化史の観点から

溝口 元

みぞぐち・はじめ。一九五三年生まれ。早稲田大学大学院理工学研究科博士課程修了。理学博士。立正大学社会福祉学部教授を経て、現在、同大名誉教授。近著に『新たな福祉社会の創生を目指して 現場・理論・歴史的視座からの発信』。

ヒトとイヌとの関わり、といえば、米野球球団ドジャースの大谷翔平選手と愛犬デコピンを想い浮かべる人も多いだろう。あの二〇二四年八月、オリオールズ戦での始球式におけるデコピン。ピッチャーマウンドからホームベースまで飼い主と同じ背番号のユニフォームを身につけ、しっかり球をくわえて運び喝采を浴びた。また、真美子夫人の第一子の妊娠も話題になり、夏には〝四人家族〟になるなどの報道もみられた。

イヌはヒトが最も早く家畜化した動物であり、一万年以上の長い付き合いだ。ペット（愛玩）から、コンパニオン（伴侶）、そして、もはや「ウチの子」と紹介されるように堂々たる家族の一員なのである。こうした動きは二一世紀に入ってからイヌ自体のルーツを含めた進化過程、ヒトとの関わりに対する歴史的研究の進展と相まって顕著になった。

イヌの語源は、落ち着きがなくいなくなってしまう「去ぬ」、豊穣の神とされる「稲」の変化、あるいは番犬がいると安心して眠れる「寝成る」の変化などが考えられている。縄文時代のイヌは、体格はオオカミより小さいが顔つきはオオカミと類似していた。弥生時代のイヌは朝鮮半島からもたらされた。前額部にくぼみがある顔つきである。これと縄文犬との間で交雑が進み日本犬の原型になったと想定される。

我が国最高の本草学者といわれる小野蘭山（一七二九―一八一〇）が一八〇三年に著した『本草綱目啓蒙』（全四八巻）では、イヌは巻四六の「獣之一」にみられ、畜類二八種の一つとして記載されている。「狗」と表記され、「羹献《こうけん》」「薬王《やくおう》」「守門使《しゅもんし》」「義畜《ぎちく》」「槃《ばん》」「草狗《そうく》」などの異名も挙げられている。用途として「田犬」（狩ニ用ル）、「食犬」（食用ニ供スル）、「吠犬」（家ニ畜《かい》テ夜ノ守《まも》）りに分けられている。

日本の歴史でイヌが登場する大きな出来事の一つが第五代将軍、徳川綱吉（一六四六―一七〇九）の「生類憐みの令」であろう。イヌを殺傷したことでさらし首や切腹させられたことなどから「天下の悪法」ともいわれた。「生類憐みの令」といっても一つの法ではなく、綱吉の時代に発せられた関係する令の総称として捉えられる。将軍出行の際に、イヌを繋ぐことを不用にしたことから始まったとされるようにイヌに関するものが多い。

また、そこでは「犬医師」も登場する。イヌが負傷したらヒトの方が罰則を受け、イヌを犬医師で受診させることが求められた。もっとも、この犬医師が専門家らしく名乗って堂々と世渡りができたのは、綱吉の治世だけであったようである。

このように日本の異常な動物愛護の法令と捉えられた「生類憐みの令」であった。しかし、今日の解釈では、もともと野良犬の餌食になる捨て子対策だった。犬殺傷に対する処分はそれ以前からあったものである。実際、捨て子が減少した。猟犬を伴う鷹狩を抑制したことから銃規制が徹底された。病人や老人の介抱も進んだ、等の「効果」が指摘されている。

さて、東京・渋谷と聞いただけで多くの人に想い起されるのが忠犬ハチ公像である。この「ハチ」と名付けられた秋田犬でよく知られているのが、飼い主が他界しても依然、主人の生前の恩義を感じ渋谷駅まで来る日も来る日も迎えに行っていた話である。飼い主である東京帝国大学農学部教授、上野英三郎（一八七二—一九二五）が存命時あるいは一九二五年に他界した頃、ハチは忠犬として社会的な話題になっていなかった。一方、一九三〇年代に入ると軍犬が、訓練演習、展覧会、行進、出征祝い、慰霊祭のような公開イベントに登場し国家的大宣伝が行われるようになっていた。

この「ハチ」が「忠犬」に仕立てられていった発端は、一九三二年一〇月八日付「東京朝日新聞」に掲載された「いとしや老犬ものがたり　今は世になき主人の帰りを待ち兼ねる七年間」と題する記事である。軍犬の活躍と相まって、一九三四年、渋谷駅前に存命中のハチ自身も除幕式に参列した「忠犬ハチ公」像が建立され、同年の『尋常小学修身書　二年生』に「恩ヲ忘レルナ」と題した教材にもなった。さらに、翌一九三五年三月のハチの死亡には盛大な葬儀が行われ、剥製標本化され現在の国立科学博物館に収められた。

また、戦時中の「金属類回収令」により金属製のハチ公も撤去され、新聞にはハチ公が出征したと記された。時は流れ戦後復興が端緒についた一九四八年八月、位置は異なるが二代目忠犬ハチ公像が設立された。同月末、秋田犬を好み一九三七年に来日した際、米国に持ち帰ったかのヘレン・ケラー（一八八〇—一九六八）が、この忠犬ハチ公像を訪れなでている様子が報道された。ヒトとイヌとのつながり、動物愛護の原点の一つにみえるものであった。

古代から戦闘に利用されてきた軍犬、一九世紀末に登場した警察犬、さらには二〇世紀後半に活躍が紹介されるようになった麻薬探知犬や災害救助犬。わが国では、二〇〇二年一〇月から施行された「身体障害者補助犬法」に明記された盲導犬や介助犬、聴導犬などの「働く犬」も折に触れて話題になる。加えて、イヌが高齢者施設へ入り、当事者と触れ合うことから、会話がなかった方が話すようになったり、目的意識や活気が生まれるようになった、などの効果が指摘され、「動物介在療法」と呼ばれている。

日本盲導犬協会（一九六七年設立）によれば、日本で初めて盲導犬が導入されたのは一九三九年、ドイツで訓練を受けたシェパード四頭であったという。戦闘で失明した傷痍軍人のためにドイツ語の命令を日本語で訓練し直して活動させた。こうした中、子イヌの時から盲導犬としての育成、訓練、引退後の生活まで文字通り一生を描いたのが「盲導犬クイール」だ。テレビ、映画の題材になり、書物は多くの学校で課題図書に採用された。

目が見えない方が外出の際、段差や曲がり角で注意を促す訓練などクイールと訓練士が一体になってこなす姿、上手くできたら「グー、グー」と心からほめる声。イヌの方がヒトと一緒にいたいと思うのでないかという場面が続く。まさに家族の一員として互いの生を豊かにし、欠くことができないパートナーにまで関係が成熟したようにみえる。

とはいえ、「盲導犬の能力を過大評価し、盲導犬さえいれば目の見えない人でもまったく不自由なく町を歩くことができるから何もしてやらないのが親切」だと思う人がいる。一方、「盲導犬に対して露骨に迷惑そうな視線を向ける人のなかで作業をする日本の盲導犬のストレス」こそ問題だという考えもある。元来、盲導犬は目の見えない方の「パートナーの一部となり、その視覚的ガイドとして仕え」、場合によっては目の見えない方の「命令に従うことが危険であるような場合には、その命令と逆の行動をとることに対して責任を負う」ことを理想とするものなのである。

パートナーとしてのイヌといえばソニーが一九九五年五月にイヌ型ペットロボット「アイボ（AIBO）」の発売を発表した。翌六月に発売したところ、二五万円であったにもかかわらず、わずか二〇分で完売した。アイボは四本足で歩き、「喜び、悲しみ、怒り、驚き、恐怖、嫌悪」という六つの感情のどれかが対応し、次の行動に移る。ヒトとのコミュニケーションでは、「やさしく頭に触れると喜び、逆に叩かれると叱られたと感じる」学習能力がある。なお、このアイボは三〇〇〇台のみの販売だったせいか、インターネットを使った詐欺事件さえ起っている。

続く一二月発売の第二弾でもインターネットと電話による受付三時間で販売予定数の一万件をはるかに超え、締切日までに一三万件の応募があった。イヌが家族の一員であるが故の深刻なペットロスで悲嘆に暮れることがあることを想い起せば、イヌ型ペットロボットは戯れて癒しを得ることができる上、生身のイヌの死を体験しないですませることができる。現代人の生死に対する感覚の一側面を示すものであろうか。

さて、二〇一二年にiPS細胞の研究でノーベル生理学医学賞を受賞した山中伸弥（一九六二―）の大学院時代の研究対象はイヌであった。彼は一九九三年に大阪市立大学から「イヌにおける血小板活性化因子の降圧作用の推定メカニズム」により博士（医学）の学位を得ている。山中が開発したiPS細胞はパーキンソン症や心筋梗塞、脊髄損傷など難治治療ばかりでなく、新薬の開発（iPS創薬）における動物実験の優れた代替法としてすでに利活用されているのである。

その山中とノーベル賞を共同受賞したイギリスのガードン（一九三三—）は、クローン技術の開発で良く知られる。この技術を使って「死んだ愛犬を復活」させようというのである。実際、二〇〇六年、韓国・ソウル市南西部にあるスアム生命工学研究院ではクローン技術でイヌを複製している。二〇〇八年には本格的にビジネス化し、価格は一匹一〇万ドル。依頼は、日本を含む世界中から来るという。中国でも、〝死んだ愛犬の細胞〟から作られた、そっくりな犬が増加。優秀な犬のクローンは〝五〇〇万円以上にも〟と題するニュースが流れた。「愛犬の永遠の命」だとの考えがある一方、生命の尊厳を踏みにじるものだなどといった賛否両論がみられる。

もう一つ。「大切なお仔様のご葬儀を私たちが心を込めて執り行います」とは、筆者の自宅の近くにあるペット葬儀場の広告である。休日になると喪服に身をまとい、愛犬の遺影を抱き、亡き家族の一員との別れを沈痛な面持ちで迎えている光景をしばしば見かける。クローン化に問題があるのであればせめて愛犬のDNAだけは残しておこうという動きも出ている。DNAストックアシストという技術である。イヌのDNAの保存が、ヒトとの絆をつなぐ架け橋となり、また科学的に意義のある「形見」に通じるのではと考える。「全く新しい供養のカタチ」というのもここのもう一つの宣伝文句である。

このような最新のバイオテクノロジーの利用とは別に、ヒトとイヌという生

（参考文献）

溝口元・高山晴子「生類憐みの令」の動物観（上）、「生物学史研究」、九九号、三一—四四頁、二〇一九年。

大石高典・近藤祉秋・池田光穂編『犬からみた人類史』、勉誠出版、二七八—二九九頁、二〇一九年。

死んだペットが10万ドルでよみがえる　朝日新聞 GLOBE+（asahi.com）。

関西テレビ放送 カンテレ（ktv.jp）https://www.ktv.jp/news/feature/20200917/

研究開発機関—OMOCA（https://dna-omoca.jp/）、以上二〇二四年二月一〇日閲覧。

き物同士の相互作用で生じる「特別の力」があるという考えもある。ヒトは太古からヒトとイヌをはじめヒト以外の動物とをつなぐ神秘的な何かに気づいていた。「動物と人間との間には連続体が存在する」のである。ヒトもイヌの方も気づいていない無意識のコミュニケーションが存在するかもしれない。

こうした領域を探究する動きは、一九七〇年代から行われるようになった。この分野の国際的な情報センターとなっているデルタ財団は、一九七七年に設立された。翌年にはワシントン州立大学において「ヒトと動物の絆に関する国際会議」が開催され、一九九〇年に「国際ヒトと動物の相互関係学会機構」が設立された。現在加盟国は一九カ国である（日本は一九九四年から加入）。日本では、一九八六年に設立された社団法人日本動物病院福祉協会によるコンパニオン・アニマル・パートナーシップ・プログラム（CAPP）活動が開始されている。

日本での動物介在療法の先駆者である獣医の加藤元氏は、現在「子ども達と自然との距離はさらに離れ、それがいじめやすぐキレるといったさまざまな問題ともつながっている」との印象を持ち、イヌは「都会に住む者にとってはごく貴重な自然の一部」という。ヒトとイヌとの触れ合いは、命にかぎりある生き物同士だからこそ心も通うのである。

溝口元「動物療法—新たな「癒し」の一形態、『仏教と環境：立正大学仏教学部開設50周年記念論文集』（立正大学仏教学部編）、丸善、一五七—一七三頁、二〇〇〇年。

城崎哲「ロボットが〈家族〉になる!!」『サイアス』一九九九年七月号、一一六—一一九頁。

A・H・キャッチャー、A・H・ベック編、コンパニオン・アニマル研究会訳編『コンパニオン・アニマル』誠信書房、二一七—二三五頁、一九九四年。

原子論について
——デモクリトスとハイデガーの観点から

武井　徹也

寺田寅彦は一九二九年の随筆「ルクレチウスと科学」において、古代ローマの詩人哲学者ルクレティウスの著作を「一つの偉大な科学的の黙示録《アポカリプス》」と称揚し、「永久に適用さるべき科学方法論の解説書」、「啓示の霊水をくむべき不死の泉」とも指摘した。ルクレティウスは二千年以上前、原子論によって森羅万象の説明を試みた哲学詩『事物の本性について』をあらわしたが、ルネサンス期以降、その原子論が人々に大きなインスピレーションを与え、近代科学や近代哲学などが誕生する原動力のひとつになったことはよく知られている。

ルクレティウスのポテンシャルを見抜く寺田の慧眼には驚かされるが、本稿では哲学の立場から原子論という考え方の特徴について若干のことを述べてみたい。近年では科学理論とみなされることも多い原子論だが、原子論は哲学によって産み出された。ルクレティウスからさらに四百年ほど遡った紀元前五世紀ごろ、古代ギリシアの哲学者デモクリトスがレウキッポスとともに原子論を確立した。彼らの原子論は、細部の改変を経ながらエピクロスやルクレティウ

たけい・てつや。一九七二年生まれ。立正大学人文科学研究所研究員。専門は哲学、特にハイデガー、アリストテレス、デモクリトス、パルメニデスを中心とする存在論。主な著書に『原子論の可能性—近現代哲学における古代的思惟の反響』(共著、法政大学出版局、二〇一八年)、『現代文明の哲学的考察』(共著、社会評論社、二〇一〇年)などがある。趣味は登山、睡眠など。

スの原子論へ継承され、今日では古代原子論と総称されている（注1）。

デモクリトスたちの原子論

原子論の祖の一人デモクリトスは、紀元前五世紀に古代ギリシアの都市アブデラに生まれ、師レウキッポスとの哲学研究によって原子論を確立した。「知恵（ソフィア）」というあだ名でよばれた彼は自然学、数学、天文学、生物学、医学、音楽、詩学、倫理学など多くの学問に通じた博学者であり、諸学を原子論に基づいた総合的な哲学として展開し、後世に多大な影響を与えた。だが彼の作ともいわれる『大宇宙体系』や『小宇宙体系』などの膨大な量の著作はすべて散逸し、現在ではわずかな著作断片が残るのみである。「ペルシア人の王権が自分のものとなるよりも、むしろ原因についての説明のひとつを発見するほうを望む」と語ったデモクリトスは研究一筋の生涯をおくり、一〇九歳とも伝わる長寿の後、故郷のアブデラで国葬された。

哲学研究によって誕生した彼ら二人の原子論とはどのようなものだったのか。ここではその基礎を簡単に紹介したい。彼らの原子論は、彼らに先行する哲学者パルメニデスの存在論の影響を受けて展開されている。パルメニデスは哲学詩『自然について』において、ものごとの「存在する（ある）」ということを哲学史上はじめて思惟した人物である。そこに示されているのは、〈不生不滅、ひとつの総体

（注1）原子論とは、自然はそれ以上分割できない最小単位としての原子から成り立つという議論である。近年では科学における原子論や原子から区別するため、哲学における原子論や原子を「アトム論」や「アトム」などと表記することがあるが（寺田の「ルクレチウスと科学」では、「元子論」や「元子」と試訳されている）、本稿では原子論と原子という表記を用いる。

として「存在する（ある）」自然〉が自然の真のありかたであり、そこでは多様な感覚されるものの生成や消滅などはあり得ない、ということであった。

デモクリトスたちの原子論の大きな課題は、このようなパルメニデスの存在論の影響下にあって、変遷する感覚されるものの説明を新たに試みることであった。彼らは「不可分なるもの（アトモン、アトモス）」としての「原子」と「空なるもの（ケノン）」としての「空虚」という基本原理を思惟することによってあらゆるものごとを説明しようとした。すなわち「原子」とは、感覚され得ないほど微小でそれ以上分割不可能な無数の不生不滅なものであり、それらは「形」、「並び方」、「向き」という三つの差異を有する。そしてこれら「原子」が結合したり分離したりする機械的な運動によって、変遷する感覚されるものなどが成り立つと説明される。また「空虚」とは、「原子」と同様に感覚され得ない不生不滅なものであり、「原子」が結合分離する無辺の運動の場であるとされた（注2）。デモクリトスはこのようにいう。

> 甘さは約定において存在し、苦さは約定において存在し、熱さは約定において存在し、冷たさは約定において存在し、色は約定において存在するが、諸々の原子と空虚は真に存在する（注3）。

（注２）DK, 67A6-19, 68A36-49. レウキッポスとデモクリトスの著作に由来する言葉や彼らについての後代の証言などは、二〇世紀に編纂された『ソクラテス以前哲学者断片集（*Die Fragmente der Vorsokratiker, griechisch und Deutsch*）』などにおいて知ることができる（本書からの引用や参照箇所の指示に際しては、略号DKを用い、資料番号をあわせて表記した）。なお、古代原子論における「原子」とは、近代科学におけるようなある特定の物質的な単位ではなく、ものごとの最小単位というより広い意味であり、また「空虚」とは、いわゆる有に対する無ではなく、原子とともにさまざまなものごとを構成する原子間の空隙という意味合いをもつ。

真理は奥底に存在する（注4）。

リンゴを例に挙げると、リンゴの赤い色や甘い味やすべすべの手ざわりなどは真に存在しない。それは私たち人間の感覚において存在しているにすぎない。真に存在するものはものごとの最小単位としての原子と空虚だけであり、その無数の原子の結合や分離の運動によって〈リンゴという変遷する感覚されるもの〉が私たちに与えられるというわけである。

デモクリトスたちの原子論は原子と空虚によってあらゆるものごとを説明しようとするが、それはこのように自然の「存在する（ある）」ということの哲学的思惟から現象の世界とその背後の真理の世界を峻別し、両者の連動を通じて自然の多様性と統一性というありかたを説明しようとしたものであった。それゆえ、このような説明は人間自身にも及んでおり、デモクリトスは人間を自然の一部とみなして「小宇宙（ミクロス・コスモス）」とよび、人間の精神すなわち「魂（プシュケー）」とその活動もまた無数の原子とその運動からなると考えている（注5）。

ハイデガーの存在論

さて、古代ギリシアの哲学研究によって産み出された原子論は、先に触れたように、近代科学や近代哲学などの源泉のひとつになっている。とりわけ近代

（注3）DK, 68B9 ; vgl. 68B117, 125. なお、「約定」とは、人間の慣習や習慣などを意味する「ノモス」の訳語である。

（注4）DK, 68B117.

（注5）DK, 67A28-32, 68A101-135, 68B6-11, 34. なお、無神論と解されることの多い原子論だが、デモクリトスの原子論やエピクロスの原子論では、神についても原子から説明されていた。

科学への影響は大きく、そこでは原子論は多くの科学者の理論的・実証的な研究による改変を経ながら、科学理論としての原子論や素粒子論へと発展した（注6）。しかし、森羅万象への自然主義的なアプローチと解される原子論の考え方には、古代以来、反対する意見も根強い。ここではデモクリトスたちの論敵アリストテレスの系譜を汲み、二〇世紀最大の哲学者のひとりと目されるドイツ人哲学者、ハイデガーの存在論についてごく簡単に取り上げてみたい。

デモクリトスたちの原子論は、自然の「存在する（ある）」ということの哲学的思惟から、ものごとの最小単位としての原子と空虚だけが真に存在すると考え、これら自然の根源に基づいてあらゆるものごとを説明するというものであった。そこでは人間とその精神もまた、原子から説明された。デモクリトスたちは人間も自然の一部と考えていたのである。しかしハイデガーは、人間を自然の一部と考えて自然のありかたにおいて説明する自然主義には与しなかった。彼は一九二七年公刊の未完の主著『存在と時間』などにおいて、人間とその精神を人間の「生（実存）」という視点から捉えながら「現存在（ダーザイン）」とよび、そしてこの現存在を基点としながらあらゆるものごとの「存在する（ある）」ということを新たに哲学的に思惟し直そうと試みたのである。

ハイデガーは、デモクリトスたちの原子論についてこのように批判する。

（注6）朝永振一郎「原子論の発展」（江沢洋編『物理学への道程』所収、みすず書房、二〇一二年、二—五二頁）、稲葉肇「いかにしてアインシュタインは原子論に到ったか」（『現代思想』第四七巻一〇号所収、青土社、二〇一九年、一五七—一六九頁）などを参照。

生ないしは魂の存在様式を自然ないしは世界の存在様式に対して限界づけることに成功していない（注7）。

ハイデガーの存在論によれば、そもそも「存在する（ある）」ということは客観的なことがらではなく、人間の生としての現存在の「存在了解」においてのみ現象している（注8）。そしてこのような「存在する（ある）」において、ものごとは「存在するもの」としてはじめて私たちに現象し得るとされる。つまり、現存在は自己の「生」と自己以外の「自然」とをそれぞれの「存在するもの」としてはじめて露わにするという仕方で存在しているのだ（注9）。

先に挙げたリンゴの例をとると、そもそも〈リンゴという感覚されるもの〉は客観的には存在していない。それゆえ、リンゴなるものが私に与えられるには、まず私が生として存在すると了解されていなければならず、また何ものかがリンゴとして存在すると了解されていなければならない。そして、私の「ありかた」とリンゴの「ありかた」、この二種類の「存在する（ある）」が現存在においてあらかじめ了解されている場合にのみ、リンゴという「存在するもの」が私という「存在するもの」に与えられるというわけである。

しかし原子論ではむしろ、原子のありかたから人間のありかたが理解されることになる。すなわち人間とその精神を原子から説明する原子論は、人間の生

（注7） GA22, 245. ハイデガーは古代ギリシア哲学に通じた哲学者であったが、ハイデガーによるデモクリトスたちの原子論の解釈は、一九二七年公刊の『存在と時間（*Sein und Zeit*）』の執筆と並行してなされた一九二六年の夏学期講義『古代哲学の根本諸概念（*Die Grundbegriffe der antiken Philosophie*）』において展開されている（本書からの引用や参照箇所の指示に際しては、略号GA22を用い、頁数をあわせて表記した）。

（注8） Vgl. GA22, 7-11, 51, 102-106, 191, 227. なお「存在了解」とは、現存在におけるものごとの「存在する（ある）」についての理解内容を指す。

（注9） GA22, 25, 188, 207f.

としての現存在を看過しており、それによって人間のありかたを適切に思惟する可能性、また「存在する（ある）」ということがらそのものを根源的に思惟する可能性を自ら閉ざしている、とハイデガーは解釈するのだ。それゆえ、彼はここに原子論の「根本的な困難」があると主張するのである。

二頭の龍のウロボロス

このように、デモクリトスたちの原子論とハイデガーの存在論とは、ともにものごとの「存在する（ある）」ということに関わる哲学的思惟でありながら、その性格は大きく異なっている。自然主義的な傾向をもつデモクリトスたちの原子論は、自然の「存在する（ある）」を基盤としてあらゆるものごとのありかたを説明しようとし、一方の精神主義的な傾向をもつハイデガーの存在論は、現存在における「存在する（ある）」の了解を基盤としてあらゆるものごとのありかたを説明しようとした。そしてデモクリトスたちの原子論では、ものごとの最小単位としての「原子」などを真に存在するものとして考えたが、一方のハイデガーの存在論では、「私の精神」を第一義的に存在するものとして考えた（注10）。

もちろん、本稿では両者の関係を詳細に検討することはしない。ここで指摘したいのは、両者がそれぞれ「全体としての自然」と「私の精神」というまったく異なるものに立脚した思惟でありながら、排他的に対立しているわけでは

（注10）　武井徹也「ハイデガーと古代原子論―古代原子論の現象学的解釈の試み」（田上孝一・本郷朝香編『原子論の可能性―近現代哲学における古代的思惟の反響』所収、法政大学出版局、二〇一八年）の二七六―二七七頁を参照。

なく、一定の相関性を保っているようにみえることである。それはあたかも、互いの尾をくわえる二頭の龍のウロボロスのようでもある。私は、ここに原子論という考え方の特徴がもっともよくあらわれているように思う。

ひとつの例を挙げてみたい。寺田寅彦は一九二〇年に起稿された未完の草稿『物理学序説』の第一篇第一章「学問の起源、言語と道具」において、「科学的知識の認識的意義や成立条件」について「吾人は古代すなわちギリシャ哲学史を読む時には、今日の科学を盛るべき容器は既にギリシャの昔に完成してそれ以後には何等の新しきものを加えなかったというような感に打たれる事を禁じ難い」という見解を示しながら、続く第三章「自己と自己以外」において、科学と哲学との境界について次のように述べる。

> あらゆる学の中で科学と名づけるものの目標となるべきものは何かというと、根本的な点としてはその中で取扱う対象がこの自分を含まないという事である。すなわち所知者ばかりを抽出してそれらの間の普遍的関係を論じるというのである。勿論そういう事が可能でありそのような科学が成立するための条件は重大な問題でありそのような問題には能知者の吟味がすぐに必要になるのは明らかな事であるが、科学はそのような事の可能であるという前提で打ち切ってそこで科学自身と他の哲学の部分との境界を立ててしまうのである（注11）。

（注11）細谷暁夫『寺田寅彦『物理学序説』を読む』、窮理舎、二〇二〇年、九五頁。また、同書七—一〇頁の解説も参照。なお、「所知者」は知られるものを、「能知者」は知るものをそれぞれ意味する。

とはいえこの言葉は、科学が根本的にはデモクリトスたちの原子論の系譜を汲むものであることを如実に物語っている。実際、寺田自身も後年の「ルクレチウスと科学」では、古代ギリシアで原子論を産み出した「哲人の直観の力」によって「物理的科学の殿堂の基礎」が置かれたと述べている（傍点引用者）。それゆえ、本稿での話を踏まえつつ「私の精神」の立場という観点でみれば、この言葉は「科学と哲学との境界」というだけではなく「自然主義的な哲学と精神主義的な哲学との境界」といってもよいものであろう。そして両者は、哲学的にはある種の相関性を保っているようにも見受けられるのである。

寺田のいうように、古代ギリシアの哲学者たちが「科学の本家であり祖先である」のか、また科学の最前線を切り拓く一流の科学者たちが「ルクレチウスの後裔」であるのか、それはわからない。ただ、このような相関性は私には原子論という考え方の可能性と限界を示唆しているように思われるし、また同時に科学と哲学との関係を暗示しているようにも思われる。しかしながら、その内実は二一世紀のいまなお謎のままであり続けている。

学術誌ヒストリー（三）

境界線上の『科学』

秦皖梅

　私が小学生だったころに、学校と契約している出版社からとある科学雑誌の定期購読をしていた。ある時読んだニュートンに関する記事では、ニュートンが晩年になってあまり科学的成果を出せなかったのは、神学や錬金術など非科学的な研究に没頭するようになったからだという内容が書かれていた。神学者や錬金術者としてのニュートンの側面が彼の未公刊手稿とともに一九三〇年代にはすでに明らかにされたにもかかわらず、二〇〇〇年代の科学雑誌にこのような記事が書かれていたのは、単なる調査不足によるものか、それとも意図的な行為なのか、私にとっては謎のままである。しかしそれよりも驚いたのは、この記事並びに当時読んだ多くの内容を、今でも鮮明に覚えているということである。私は、科学雑誌は少なくともその一部の読者に大きな影響を与えうると考え、いま私自身が日本の科学雑誌や学術雑誌をテーマとして研究できていることを嬉しく思っている。

　日本の科学雑誌・学術雑誌という大きなテーマに取り掛かったときに、私が最初に注目したのは岩波書店の『科学』であった（文献1）。同誌は石原純、岡田武松や寺田寅彦などにより、一九三一年に創刊された日本屈指の長寿科学雑誌である。その長い歴史や、当時日本第一線の科学者たちが創刊に関わっていたことを考えれば、『科学』にはそれだけ研究される価値がある。またこの雑誌は日本の科学史学会とも深い縁があって、『科学史研究』が最近まで岩波書店を販売元としていた。さらに調査を進めていくと、これらの重要性とは別に、『科学』はまた非常に特殊な雑誌であったことに気づいた。その特殊性を示すためには、『科学』の創刊から話を始めなければならない。

なぜ『科学』が必要だったのか？

メディア論について研究した御代川貴久夫は、『科学』が創刊された前後の一九二〇、三〇年代を日本科学雑誌の第一次出版ブームとしている（文献2）。この時期では、『科学画報』（新光社、一九二三）、『子供の科学』（誠文堂、一九二四）、『面白い理科』（子供理学会、一九二九）や『科学文化』（科学文化アカデミイ、一九三〇）など、多くの科学雑誌が出現した。一方では専門家向けの雑誌も、明治以来専門的学会の相次ぐ成立や、大学と研究機構の拡張とともにその数を増やしてきた。一般向けの雑誌や専門向けの雑誌の両方が氾濫し、発表機関の統制すら叫ばれていた中で、『科学』の創刊者たちはなぜ新しい雑誌が必要だと思ったのか？

答えは『科学』の「創刊の辞」に書かれている。通俗的な科学雑誌が日本でもずいぶん発達してきたが、『科学』が目指していたのはそれよりも「程度の高いもの」である。『科学』の趣旨に近いものとして『東洋学芸雑誌』や一戸直蔵の『現代之科学』が挙げられたが、両者ともすでに廃刊した。『科学』第四号の巻頭言を執筆したZ. S.は、科学知識の正確で平易な解説が世の中に必要であること、そしてそれが実は至難の業であることを述べた上で、アインシュタインも自ら筆を執り相対論の解説書を書いたことを挙げ、科学者自身が科学の平易化を担うべきだと呼びかけている（文献3）。「程度の高いもの」は曖昧な表現だが、『科学』の編集者にとってそれがまず意味しているのは、第一線の科学者が自ら科学の解説を書くことであった。こうすることによって科学の真の平易化を目指し、『科学』はほかの一般向け雑誌と一線を画すものとなる。

他方では、各学会からすでに相当数の雑誌が作られたが、いずれも専門的な狭い範囲に限られているという。「一つの専門的研究に従事する学者」にとって「他の分科に於ける重要なる最近の進歩を知ることが重要である以上、『科学』のような自然科学のあらゆる分野を包括する総合誌が必要であった。すなわち『科学』は専門領域の境界を越える交流の場でなければならなかった。これは標題の「境界線上」がまず意味しているところである。

専門領域の境界を越えて：キリンの斑模様論争

一九三三年十一月号の『科学』に「キリンの斑模様に就いて」と題する一通の寄書が掲載された。これを書いたのは当時理化学研究所の寺田研究室に所属していた平田森三であり、彼はこの頃、ものが壊れる時にできる割れ目について興味をもっていた。一九三三年に来日したハーゲンベックのサーカス団から、上野動物園が二頭のキリンを買い入れた。この時に実物のキリンを初めて見た平田はその斑模様に興味を惹かれ、その模様は粘土の層にできる割れ目と形の上ではごく似ていることに気付いた（文献4）。平田は上述の寄書において、キリンや虎などの動物の表皮模様は、胎児のある時期にその表面皮膜が内部組織の膨張に耐えられずに生じたひび割れに由来する、という仮説を提示した。すなわちこれらの動物の模様は、割れ目が生じた際の胎児の表面皮膜の物理的性質によって決められるということである。その上で彼は当の仮説は解剖学によってその信憑性が確かめられうると考え、「動物学者の示教を望む次第である」と結んでいる（文献5）。

平田の寄書はさっそく動物学者の丘英通から猛烈な批判を招いた。丘の反論は『科学』の翌号に掲載され、そこで丘は、平田の仮説にある、胎児の表面皮膜が内部組織の膨張によりひび割れが生じるという過程が動物の発生中にまったく見られないと述べた上で、単に二つの現象が相似しているからといって、そのうちの片方について研究もせずに、決定的な判断を下すことが極めて危険であると批判した。丘はこの寄書の最後に、彼が批判しているのはあくまでもこのような「懐手式研究法」であり、物理学者が物理学的視座に立って生命現象を研究することに関してはむしろ歓迎していると書き加えている。

この後平田による反論や丘の返事がそれぞれ『科学』に掲載され、ほかにも数人の生物学者から意見が寄せられている。『科学』誌上のこの論争に一応の終止符を打ったのは寺田の「生物と割れ目」という寄書であった。寺田は粘土の割れ目とキリンの斑模様の類似性を肯定した上で、平田の仮説にはそれ以上に重要な示唆が含まれていると述べている。すなわちこの仮説は、「物質と生命との間を結びつける連鎖に関する大問題」に光を当てるものであり、物理学者や生物学者の精査に値するということである(文献6)。

キリンの斑模様をめぐるこの論争は、現在の非線形科学との関係から考えても、物理学の扱う非生命現象と生物学の扱う生命現象との間のアナロジーの正当性の視点から見ても、あるいは日常生活の幅広い現象に関心を持ついわゆる寺田物理学を考察するためにも興味深い事例である(文献7)。一方、『科学』がこのような分野を跨ぐ交流の場を提供していたことも見逃すわけにはいかない。このような交流を実現することこそが、『科学』の創刊者たちが巻頭言や編輯後記において繰り返し強調してきた、『科学』の使命の一つである。

『科学』がモデルとしていた雑誌に、イギリスの『ネーチャー』誌があった。後者は二〇一九年十一月に創刊一五〇周年を迎え、その記念号の表紙には、同誌の共引用ネットワークを視覚化したものが掲載されている。この図像における異なる色はそれぞれ違う分野を表している。編集者の説明によると、複数の色が交差するこの複雑なネットワークは、『ネーチャー』の学際的な射程を示している(文献8)。「学際的な射程」——これこそが今の『ネーチャー』が高度に分化した専門雑誌から、自らの特殊性や重要性を強調するキーワードとなっている。『科学』から見えたのは、今から一世紀近く前の日本において、分野間の境界を越える交流、そしてそれを支える仕組みとしての雑誌がいかに思い描かれ、実践されたのかということである。

大衆と専門の境界:「寄書欄」の誕生と廃止

『科学』が跨いだのは分野間の境界だけではなかった。日本の科学雑誌や学術雑誌の歴史において『科学』が特殊だったもう一つの理由は、その性格の変遷は雑誌における大衆と専門の境界線の形成を物語っているということである。「科学雑誌」や「学術雑誌」といった表現は今日でも明確に定義されているわけではないが、概して一般向け雑誌と専門家向け雑誌を区別する意味で使われている。しかしこの両者の境界線は最初から今日ほど明確なわけではなかった。『科学』は、日本においてこのような境界線がいかに形成されてきたのかについての手がかりを与えてくれる。

創刊初期の『科学』は「寄書欄」を一番の特色として宣伝していた。研究者からの短い速報を載せる同欄は、イギリスの『ネーチャー』誌の名物欄"Letters to the editor"をモデルとして作られた(文献9)。届いた寄稿をその週のうちに掲載するというこの欄は、激しい先取権争いの中で、科学者が自らのプライオリティを主張するための絶好の場となった。多くの科学者がプライオリティを主張するためにこの欄を利用するようになったことに、ラザフォードの果たした役割が大きかったと言われている(文献10)。一八九八年にケンブリッジからカナダのマギル大学に移ったラザフォードは、学問の中心地から離れたことを憂慮し、彼が当時行った放射線研究の成果がいち早くヨーロッパの同僚たちに読まれるために、『ネーチャー』の"Letters to the editor"を発表先に選んだ。短いレターを掲載するこの欄では投稿の幅が制限されているものの、実験のデータや観察された現象を伝えるには充分であった。

一方、『科学』の場合、プライオリティの確保は編集者たちが寄書欄の創設で意図していた役割ではなかった。前節で述べたような分野の枠を超えた交流こそが、彼らが寄書欄を通して果たそうとした最も重要な目的であった。同じく科学に従事する者であっても、分野外のことについては非専門家になるので、寄書欄の速報は「最も簡単な形で、専門以外の人々に迄も最も広く眼に触れしめ得る」ことが求められている(文献11)。しかしながら、編集者の意図とは別に、実際には寄書欄を使ってプライオリティを主張しようとした者もいた。日本語で書いても海外の研究者には届かないため、外国語で出してほしいという要望が時々申し込まれていた。これに対して編集者は、『科学』は立場上日本語に限るべきだが、内容によって例外的に外国語での発表を許可する余地がないわけでもないとの姿勢を示した(文献12)。

この要望は結局のところ実現することなく、また戦争が進行するにつれて外国語で発表する必要性自体が薄まっていった。しかし、科学者たちが寄書欄にプライオリティの主張という役割を期待し、また編集者たちがその要望に応えようとしていたことが明らかである。すなわち一般向け雑誌として自らを位置づけた『科学』は同時に、科学者のための研究速報機関でもあった。

戦後、多くの雑誌が休刊・廃刊に追い込まれていた中で、寄書欄の研究速報機関としての機能が一層強まった。ところが一九五〇年代に入って、大学、研究機構や学会から雑誌が次々と復刊・発刊されると、『科学』の編集者は寄書欄の必要性を疑問視するようになった。寄書は「一般読者の理解と興味にそうべきか」、それとも「重要成果の速報的意義を持たせるべきか」は編集会議で頻繁に議論されるようになった（文献13）。『科学』の創刊者たちにとっては、この両者は矛盾するものではなく、寄書欄は重要成果の速報を専門外の人にも理解できるように伝える場所であった。しかし寺田が一九三五年に、石原が一九四七年に、岡田が一九五六年に亡くなるなど、『科学』の編集陣が新しくなり、また時代が進み、いまや『科学』の編集者にとって、一般読者の興味をそそるものと重要成果の速報とは二者択一の関係となった。

一九五六年五月号の編輯後記に、寄書欄の運命に関する最終審判が下された。今では「研究上のpriority を主張しようとする研究者は、当然その専門の学界《ママ》誌に投稿されることであろう…本誌の編集欄からすれば、この欄をもって研究の優先を主張する機関とされるのは、少々荷が重すぎる感がある」（文献14）。研究速報機関としての寄書欄は一般向け雑誌の『科学』に相応しくないものとされ、一九六四年十一月をもって『科学』からその姿を完全に消した。かつて大衆と専門の境界線上にあった『科学』は、科学者の研究発表機関としての役割を切り捨て、純粋な一般向け雑誌として自らを再構成していった。

私が定期購読の科学雑誌が毎月届くのを首をのばして待っていた二〇〇〇年代初頭の中国では、携帯電話やパソコンがちょうど普及されはじめようとしていた。情報爆発時代の前夜とも言うべき当時では、実物の雑誌が知識を運ぶ最も重要な媒体の一つであった。今から百年近く前の状況を考えると、雑誌の影響力がもっと多大なものであったと推察される。南方熊楠が科学雑誌の購入記録を日記に残しているように、『科学』も当時を生きていた多くの科学者や科学の学徒に読まれていたに違いない。これまで述べてきたような、『科学』が研究対象として持つ重要性は、結局のところ、『科学』が実際に読まれ、または発表機関として使われていた中で、そこに関与した人々の科学に関する思想や実践を形作ってきたからこそはじめて成り立つものである。

(文献1) 本稿の内容の一部は、秦皖梅「*Nature* を目指して：『科学』と寄書欄」『科学哲学科学史研究』二〇二一年一五巻、二五—四六頁を参照している。

(文献2) 御代川貴久夫『科学技術報道史：メディアは科学事件をどのように報道したか』東京電機大学出版局、二〇一三年、二八—三三頁。

(文献3) Z. S.「自然科学の平易化と通俗化」『科学』一九三一年四月号、一三七頁。

(文献4) 平田森三『キリンのまだら：自然界の統計現象』中央公論社、一九七五年、八頁。

(文献5) 平田森三「キリンの斑模様に就いて」『科学』一九三三年一一月号、四六一—四六二頁。

(文献6) 寺田寅彦「生物と割れ目」『科学』一九三四年四月号、一四八—一四九頁。

(文献7) この論争と非線形科学の展開については、松下貢編『キリンの斑論争と寺田寅彦』岩波書店、二〇一四年を参照。

(文献8) *Nature* 575, no. 7781 (2019).

(文献9) 岡田武松「創刊のころ」『科学』一九四一年四月一〇周年記念号、一七九頁。

(文献10) Melinda Baldwin, "*Making Nature : The History of a Scientific Journal*" (The University of Chicago Press, 2015), p. 111.

(文献11)「編輯雑記」『科学』一九三二年二月号。

(文献12)「学術論文の用語」『科学』一九三八年七月号、三〇五頁。

(文献13) 篠遠喜人「科学の通俗解説と本誌の使命」『科学』一九五一年六月号、二六九頁。

(文献14)「編輯後記」『科学』一九五六年五月号。

qin wanmei 一九九五年生まれ。中国・安徽省出身。中国で修士号を取得した後に来日。現在は京都大学大学院科学哲学科学史専修に所属し、日本の科学・学術雑誌をテーマとして博論の執筆に取り掛かっています。

音楽談話室（二十七）

——作品より人生を鑑賞する

井元 信之

本稿を書いている今は、国立西洋美術館で二〇二四年一〇月から二〇二五年二月まで開かれている「モネ　睡蓮のとき」の真っただ中である。世界中に数え切れないほどあるモネの睡蓮の絵を現物で全部見ることは不可能だが、最も有名なのはパリのオランジュリー美術館にある大きな楕円形の部屋の湾曲した四面の壁に掲げられた巨大な絵だろう。そういう演出であることを知らずに、四〇年ほど前、妻に連れられて初めてその部屋に入ったときは「あっ」と声を上げそうになった。そして部屋の中心に立って自転しながら三六〇度見回したり、絵のそばまで行って壁伝いに一周公転しながら観賞したりした。至近距離で見ると睡蓮だか何だかわからないモヤモヤしたものが、離れて見ると水面に浮かぶ睡蓮の群生に見えることに驚いた。しかもこのような大きな楕円形の部屋がもう一つあり、絵の雰囲気も異なっていて、違う世界が楽しめるのである。

なぜこのような建築から始める大掛かりな企画が実現したのか。発端はまずモネ自身が大壁画を国家に寄贈することを考え（一九一八年）紆余曲折の末テュイルリー宮殿のオレンジ温室（オランジュリー）を改修することになり、そこに壁画を設置することとなったのだ。壁画が完成して間もなくモネは一九二六年に死去し、約半年後にオランジュリー美術館は公開された。このような事業が可能になったのは、大御所になったモネ（一八四〇年生まれ）の友人でフランス首相になったクレマンソー（一八四一年生まれ）の後援があったからでもある。

しかしモネには名声を確立する以前の若い頃にも重要な作品がある。有名な「印象　日の出」（一八七二年）や「散歩　日傘をさす女」（一八七五年）といった作品があるが、これらは無名で貧乏だった頃のものである。「印象　日の出」は美術の「印象派」の語源になった作品なので美術史的には重要この上ないが、当時「これはまだ制作途中みたいだな」と言われて不評だった。そんな絵のタイトルが美術史の一時代を指すことになるとは誰も思わず、さらにもっと予想できなかっただろうが音楽にも飛び火し、ドビュッシーの一八九〇年少し前からの作品を代表例とする「印象主義音楽」のように、音楽史の用語としても定着した（ドビュッシー自身はあまり好まず「象徴主義」という言い方を好んだが）。

ドビュッシーにはまた別に登場してもらうとしてモネに話を戻すと、「散歩　日傘をさす女」は、それ一枚だけ見るといずれ生成AIでも真似して描けるかもしれないという気もする。しかしその傘をさす女は実はモネの妻で、傍らで振り返っている幼児は息子である。そのころはモデルを雇えないほど貧乏だったので、モネの絵のモデルは家族や友人達なのであった。絵が売れない中、この二人を描きながら、どうやって養うかを考えなかったはずはない。しかもほどなく妻は病死し、その直前モネは「死の床のカミーユ」という絵を描いて残したほど妻を愛していたことを考えると、どうにも不憫に思われて、「日傘をさす女」は単なる幸せな散歩の絵を超えるものに見えて来る。

ところで冒頭の国立西洋美術館で開かれたモネ展であるが、開始間もない一〇月上旬の休日に妻と出かけた際、温暖化で炎天のもと、ピクリとも進まない長蛇の待ち行列に辟易して、諦めた。しかしこれが幸いし、涼しい木陰の中、そのまま東京都美術館まで歩いて行き、同じ時期に開催されていた「田中一村展　奄美の光　魂の絵画」を見ることにした。これが素晴らしかったのである。

田中一村《いっそん》は知る人ぞ知る画家ということであるが、筆者は全く知らなかった。しかし前宣伝で見た田中一村の一枚の絵がアンリ・ルソーの絵にタッチや色調が似ていて（筆者の場合ルソーの「蛇使いの女」などを連想して）興味があったので来たのであるが、こちらはモネほど混んではいなくて、自分のペースでたっぷり時間をかけられたので、優れた解説を存分に読むことができた。

一村の人生は悲喜こもごもの事が起こる中、真面目な努力家として淡々と語られる解説はなかなか感動を誘った。七才で受賞するという南画の神童と呼ばれた好調な人生の滑り出しにもかかわらず、以後受賞に恵まれなかった。相次ぐ家族の死が続き、絵が売れない中残った家族をなんとか面倒を見、最後は奄美で孤高の中一九七七年に六九才で没して後は忘れ去られていた。今世紀に入ってようやく幾つかのゆかりの地で美術館ができたり美術展が催されたりしたが、本格的には今回の東京都美術館で初めて大々的なレビュー展覧会が開催されたわけである。

その展覧会で分厚い解説本を買ったが、一

村の生涯を背景にそのときどきの作品を観賞して行くと、単独に一つの絵を見て「ルソーとの類似性があるな」などと思うより断然深く一村の生涯そのものが至高の芸術品のように思えて来た。個別の絵の一時的な「観賞」でなく、芸術家の生涯を「鑑賞」している気分である。そう、モネにしても一村にしても、他の画家にしても、絵は絵だけ単独で観賞するものではなく、作者がどういう心境にあり、何を訴えたかったかまで想像しながら鑑賞するものである。

AIは一枚の絵を「誰々風に」描けるかもしれない。しかし人生そのものを創作し、一人の人間の存在感を醸し出すことはできない。たとえ人間と区別できない精巧なロボットにAIを搭載したとしても、可愛い幼児から枯れた老人まで人間並みの経験を伴って成長させるのは無理だろう。つまり一枚の絵だけならAIが描いたかどうかを専門家でも判定できなくなる時代が来ようとも、生涯全部の記録と連動した作品群を丸ごとAIが捏造して鑑賞に堪える作品群にすることは難しいのではないだろうか。何の脈絡もなく一枚の絵だけを観賞するのと、芸術家の一生を鑑賞する中で絵を鑑賞することの違いはそこにある。

話は音楽になるが、研究を生業としていると、大きな国内会議や国際会議に行くことがある。そんなとき、開始ギリギリに到着することはせず、20分とか30分くらい余裕を見てレジストレーションをし、ちらほら見かける同業研究者達と挨拶したり立ち話をしたりして開始時間を待つ。そのとき大抵、気がつかないほど静かなBGMが流れていて、開始前であることを無意識のうちに脳に知らせている。そのBGMが消えると、消えたことは気づくので、そろそろ会議が始まるな、とわかる。そしてアナウンスが流れる。

会議のときのBGMのポイントは、止んだら気づくが鳴っている間は人に気づかれないことである。そういう目的の音楽に大枚はたいて一流の作曲家に作曲してもらい、一流の演奏家の演奏を録音したBGMを使う人はいまい。お金がかかるだけでなく、そんなことをしたら却ってみんな聴き惚れてしまい、握手や挨拶どころでなくなってしまう。無視できるほどの小さな音で周期的に戻って来る楽曲を延々と繰り返すだけの安上がりなBGMで十分である。生成AIも必要ないし、ちょっとしたプログラムで作れるだろう。たまに筆者のように「この会議は金がかかっていそうだが、繰り返しも長周期で和声も凝ったBGMを使って他の会議に差をつけるだろうか」などと、気づかれないことが目的のBGMをわざわざ聴き込んで比較する人がいないとも限らないが。

一方、通常の音楽家はBGMとは逆に、鑑賞者には集中して聴いてもらい感動してもらうために作曲したり演奏したりするはずである（注1）。それをAIで難なくやられてしまってはたまらない、と思うに違いない。いや、AIがどんなに進歩しようと、人間の作曲に匹敵する作曲ができるわけがない、と思う音楽家もいるのではないだろうか。音楽ではまだそういうインタビュー結果を見たわけではないが、美術の方ではそういう一例を最近見た。

それは、ベルトラッキというドイツ人画家である。この画家は今や自ら認める贋作師として有名で、二〇二二年一〇月二九日にNHKに登場している（注2）。ただし筆者はこれを視聴しておらず、視聴したのは二〇二四年七月（注3）と一二月（注4）にそれぞれ放映されたNHK番組である。七月（注3）の方の番組によると高知県と徳島県の県立美術館にそれぞれ一点ずつ展示された絵が贋作の可能性があるということが海外から指摘されたということだ。また一二月（注4）の方の番組によると、ベルトラッキの画家としてのテクニックは第一級で、専門家でも真偽が判定できないほどだが「絵の具を分析したところ、誰々作と標榜された画家の時代には存在していないはずの成分が検出されたことをきっかけに、贋作の疑惑が明るみになり、警察の捜査が進められた」ということだ（注4のサイト参照。しかしこれとても分かってしまえば今後贋作師達に回避されてしまうかもしれない）。

さて、自分の才能を贋作などに使ってしこたま儲けたベルトラッキはけしからん、という追求は警察に任せるとして、本稿の主眼は「AIが人間画家並みの『第一級のテクニック』を身につけることはあるか？」であった。これについてインタビューに答えた例が一つある、ということで筆者はベルトラッキを挙げたのであった。そのインタビューも番組でなされていたのである。ベルトラッキの答えは、髪も身振りも振り乱して「No! Never!」であった。これは自分が第一級であることを自認する人間の答えとして十分予想されることである。

しかし技術の進歩を信じる科学技術者としては「いずれどんどん人間に近づく」と考えざるを得ない。少なくとも一枚の絵を描くことに関しては。しかし人間が創作活動をするときは動機が必要である。そして創作家が年を経るにつれて、作品の連鎖に人生の軌跡が対応して来る。その対応が無い作品群は脈絡のないバラバラな作品の寄せ集めであり、それぞれ単独の作品は第一級のＡＩが描いた絵と区別つくまい。ベルトラッキの絵はまさにそれである。ベルトラッキの人生のどこに感動を求めればいいと言うのか？逆に言えばどんな芸術も「その絵だけ。その彫刻だけ。その曲だけ。その演奏だけ。その演技だけ」を楽しむならば、その画家が誰なのか知る必要はない。その作曲家を知る必要はない。その演奏家を知る必要はない。その役者を知る必要はない。ＡＩでよい。

かくして、芸術を鑑賞することはその創作者・演者の生きざまを鑑賞することなのである。

さて、こうしてみると、「世の中に作曲者不詳の名曲も多々あるが、それは芸術ではないのか？ラスコー洞穴の絵もそうか？」「集団合作のものは芸術ではないのか？」「誰々作という作品が実は違っていたなんていうこともあるが？」などの疑問が生ずるかもしれない。次回はこうしたことに関する考察を展開したい。

（注１）人の注意を惹くための作曲手法は様々である。西洋音楽の場合、のべつ幕無しに音符を繰り出し、気分を高揚させたり沈静化させたりして飽きさせないようにするパターンが多い。一方、伝統的な雅楽や武満徹の音楽のように、音を出さない「間」にも語らせる音楽がある。これは饒舌な音楽より緊張感を醸し出すことがあり、無音の「間」に聴き手が固唾を呑んでそれぞれの情感を沸き立たせ、音楽に参加してもらう効果がある。美術でも水墨画など、墨を走らせない背景をそのまま残すのと、西洋画のようにカンバスの隅々まで塗りこめるのと似た対比があるかもしれない。

（注2）出典は https://www.nhk.jp/p/ts/6QJPZ5QL6M/ 検索したい場合は「贋作《がんさく》の誘惑」

（注3）出典は https://www.nhk.or.jp/tokushima/lreport/article/005/70/ 検索したい場合は「〝有名贋作師〟ベルトラッキ氏と語る人物へインタビュー」

（注4）出典は https://www3.nhk.or.jp/news/html/20241211/k10014664491000.html 検索したい場合は「贋作？ ドイツ人画家 ベルトラッキ氏による絵画 世界に約90点」

いもと・のぶゆき 一九五二年生まれ。東京大学大学院工学系研究科物理工学専門課程修士課程修了（工学博士）。ＮＴＴ基礎研究所、エセックス大学、総合研究大学院大学、大阪大学大学院基礎工学研究科教授を経て、現在、東京大学特命教授。大阪大学名誉教授。専門は量子論基礎、量子情報処理、量子エレクトロニクス、光通信。音楽は歌曲作曲家（故）石渡日出夫にピアノと楽式論を師事。プロ・アマ演奏団体より作曲・編曲を委嘱される。複数の作曲コンクール（プロ・アマ混合）で入賞。ピアノはアマチュア向け大型コンクールで全国三位やアジア大会銀賞など。音楽以外では星新一編単行本『ショートショートの広場３』に収録。
ホームページは、研究のページも個人のページも http://www.ne.jp/asahi/fuji/nob/

※本連載の音声・動画による補足解説は、窮理舎ホームページの「音楽談話室」（http://kyuurisha.com/talkmusic/）に随時掲載しております。

仁科芳雄をめぐる旅（二）

——岡山市（前編）中学校と烏城

伊藤憲二

一九〇五年四月、仁科芳雄は旧制岡山中学に進学した。岡山中学は岡山市にある。仁科はこの後、これも岡山市にある旧制第六高等学校へ進学するので、一九一四年まで岡山で過ごすことになる。

岡山は広島と並ぶ中国地方の大都市である。戦前の広島が「軍都」としての性格が強かったのに対して、岡山は学問や文化の町の印象が強い。江戸時代から岡山藩は学問を奨励し、庶民のための学校である閑谷《しずたに》学校を作っていた（閑谷学校があるのは岡山藩とはいえ、今の備前市だが）。明治以降も、岡山には早くから重要な学校がおかれていた。岡山中学の起源は複雑であるが、一七世紀に岡山藩が作った学校が母体の一つである。藩の作った学校は広大だったらしく、その跡地が北区蕃山町の西中山下公園の近くにある。蕃山町は岡山時代の熊沢蕃山が屋敷をもっていた地区である。藩の学校は廃藩置県後一八七二年に改組されて「普通学校」となったが、翌年の学制によってそれまでの学校は廃止され、普通学校も最終的には廃止され、私塾の遺芳館《いほうかん》に継承された。一八七四年に岡山県が教員養成学校として「温知学校」をつくって、遺芳館で学んでいた生徒を吸収し、これが岡山中学の創立ということになっている。温知学校はすぐに教員志望でない生徒も受け入れるようになり、岡山県師範学校と岡山中学の両方の起源となった（後神二〇一六）。

後に岡山医科大学となる医学校も、最初は岡山藩医学館だった。それが岡山県医学校、第三高等中学校医学部、岡山医学専門学校を経て、岡山医科大学となった。一時は西日本におけるもっとも重要な医科大学と見なされ、戦後の国立大学の中で岡山大学が旧帝国大学に次する地位を得たのは岡山医科大学が岡山大学医学部となったからである。そして一九〇〇年には、これも後の岡山大学の母体となった第六高等学校ができた。

前回までの記事で、拙著『励起—仁科芳雄と日本の現代物理学』の執筆、あるいはその前の学位論文の執筆の過程で、しばしば里庄を訪問したことを書いた。関東や近畿から里庄を訪問するには、新幹線で岡山まで移動し、山陽本線を利用することになる。そのため岡山には頻繁に立ち寄った。里庄周辺にはあまり適切な宿がないので、岡山駅前に宿をとって、里庄に通うこともあった。岡山駅周辺は最近発展したせいか、駅のすぐ近くに手ごろなホテルが多く、レンタカーもすぐ近くにある。電車でもレンタカーでも、岡山県の調査の拠点とするのに便利なのである。

岡山はこぢんまりとして居心地のよい町である。昔からの岡山の中心地は岡山城の城下町であり、岡山県庁や県立図書館などの重要施設も駅ではなく、城の近く、というよりもかつての城郭内にある。さほど距離があるわけではなく、駅から路面電車で簡単に移動できるし、歩いて行けないこともない。京都と同様、高低差もあまりなく、川沿いの道もあり、さらに晴天の日が多いので、自転車で移動するのに快適そうだ。

町の中心は城下町と駅周辺が二つの極となっており、その間を路面電車が通っている。この二つの極の間を移動すれば、たいていの場所へ行くことができる。旧制岡山中学の後身である岡山朝日高校は、仁科の時代の第六高等学校の敷地にあるが、操山《そうざん》という岡山市の東部を占める丘陵地のふもとに位置する。これは城下町から県庁通りを旭川にかかっている相生橋を渡った先にある。駅からはやや距離があるが、岡山城からは大した距離ではない。

他方、現在の岡山大学はだいぶ北のほうにあって、津山線で岡山駅から一駅先の法界院駅が最寄りになる。ここへは大学院生時代に一度、仁科芳雄の胸像の写真を撮りに行ったきりなので、最近はどうなっているかわからない。

先に触れたように、仁科が岡山中学に入った戦前には、岡山中学は岡山城の本丸にあった。岡山城は、もともと宇喜多秀家の建てた城であり、天守閣が黒漆で塗られているので烏城《うじょう》とよばれる。関ケ原の戦いの後、小早川家が入ってさらに拡張され、さらに池田家によって整備されて、大城郭となった。明治以降、岡山城は本丸以外の城郭が撤去され、現在、本丸のみが烏城公園として残る。大手まんぢゅうで有名な伊部屋は文字通り大手門の近くにあった。大手門が三之曲輪の内から二の丸にはいる門である。一番外側の三之曲輪は二の丸の西と南にあってさらにその西の三之外曲輪は岡山中央郵便局のあたりまで広がり、国道一八〇号線、柳川筋に外堀があった。つまり、今の烏城公園と岡山駅の中間地点ぐらいまで城が拡がっていたのである。三之曲輪の内の北端は天神山という丘で、現在、天神山文化プラザや県立美術館がある。かつて城郭があった場所のあちこちに城壁や堀の跡が残っている。また、岡山禁酒会館のそばに戦争で焼失しなかった西手櫓を見ることができる。この櫓は西の丸の西端にあり、このあたりが石山という丘で、岡山城が出来る前、宇喜多直家の時代にはここに城があった。

岡山城の本丸のうち、天守閣は一九四五年六月二九日の空襲で焼失した。もとの建物で残っているのは、中ノ段の北端にある月見櫓だけで、これは一六二〇年代に建てられたらしい。

1930 年撮影の岡山城と岡山中学の航空写真
（岡山朝日高校所蔵）

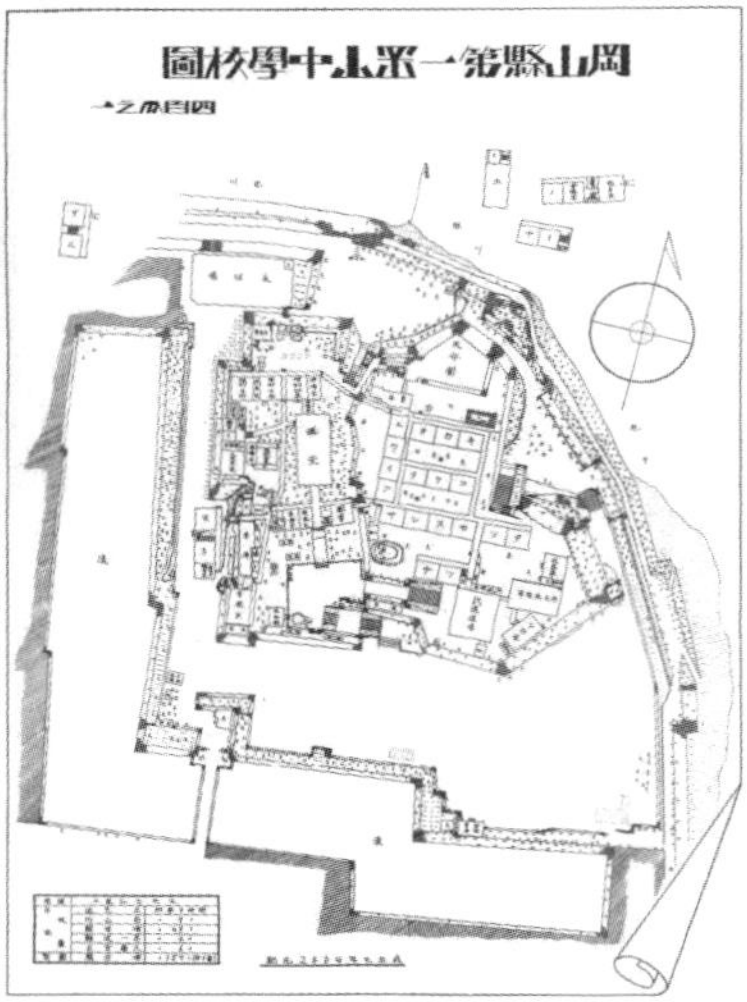

1944 年岡山中学の建物配置図
（岡山朝日高校所蔵）

岡山城天守閣（2024 年 4 月筆者撮影）

岡山城月見櫓（2024 年 4 月筆者撮影）

現在の天守閣は一九六四年に鉄筋コンクリートで再建され、二〇二二年までに大改修が行われたものである。岡山中学の建物はこの天守閣の正面にある本段とその手前の中ノ段にあった。中ノ段から本段へ入る不明門《あかずのもん》は一九六六年に再建されたが、中ノ段から見て左の石垣に「岡山中学の址」と碑文が刻まれている。

岡山城の天守閣から旭川を挟んで後楽園があ

る。水戸の偕楽園、金沢の兼六園と並んで日本三名園の一つと言われる。他の二つと違うのは、城に隣接していることである。現在の後楽園は岡山城本丸しか残っていない烏城公園よりもむしろ広い。岡山城は西の毛利家に対する防備を主眼に建てられたとされ、本丸・天守閣が東端にあって、比較的無防備になっている。

岡山でタクシーの運転手から、岡山中学に進学した親戚の話として、岡山中学の生徒は、ときどき岡山城から後楽園へ通じている抜け穴を使って、後楽園へ遊びに抜け出していたと聞いた。もちろん真偽のほどは定かではない。岡山城に現在設置されている解説ビデオの中で、岡山市出身の歴史家・磯田道史氏は幼少時より岡山城が好きでよく訪れたが、穴倉から抜け穴があるのではないかと思っていたというようなことを述べている。

岡山城不明門（2024 年 4 月筆者撮影）

後楽園（2024 年 4 月筆者撮影）

後楽園から岡山城を望む
（2024 年 4 月筆者撮影）

かなり拡まっている伝説であるのかもしれない。

戦国時代の城であれば抜け穴があっても不思議ではないが、それが岡山中学の生徒が使えるような形で残っていたことはまずないだろう。しかし、この伝説は彼らにとって岡山城がどういう場所だったのかをよく表すものと思う。戦前の岡山城天守閣は国宝に指定されていたし、天守閣前の本段は江戸時代には奥向きの建物があって、不明門という門によって隔てられているように、藩主らごく一部の人以外は立ち入り禁止の場所であった。ところが岡山中学の生徒たちにとっては岡山城全体と後楽園が学校の敷地で、自分達の勉学と遊びの場だったのだろう。

岡山市訪問で私にとって最も印象深かったのは、二〇二一年一二月のことである。この時も、岡山に宿をとって滞在し、前半は里庄を訪問し、後半は岡山で調査をしたのだった。調査の眼玉は岡山朝日高校である。元同僚で、科学技術社会論が専門の水島希さんは、そのとき広島叡啓大に着任したばかりだったが、岡山朝日高校の出身、つまり仁科芳雄の後輩だった。この不思議な縁で、岡山朝日高校の後神《ごかん》泉先生をご紹介いただいたのだった。岡山中学の歴史研究としては、岡山朝日中学の教員でもあった後神俊文先生の著書や論文が有名であるが、御子息の後神泉先生も後を嗣いで、岡山朝日高校で歴史を教えられつつ、学校の歴史を研究しておられたのだった。そこで、水島さんと前回でも触れた仁科会館の田主裕一朗さんと三人で訪問させていただくことができた。

岡山朝日高校には同窓会会員の寄付によって建てられた「創立一一〇周年記念同窓資料館」があって、そこに岡山中学以来の同校の歴史資料が展示されている。この訪問時までに、拙著『励起』で仁科の少年時代を扱った第二章は初稿を書いていたのだが、この調査の結果、大幅に加筆することになった。歴史研究でも、現地にいって初めて分

岡山朝日高等学校資料館の展示
（後神泉先生ご提供）

かることは少なくないのである。また後神泉先生には、原稿を読んでいただいて、いくつもの指摘をいただいた。

拙著にも書いたように、当時仁科が家族に宛てた手紙を読むと、彼がホームシックにかかっていたらしいことが分かる（伊藤二〇二三、四八頁）。今の感覚からすれば、里庄と岡山の距離は小さく、通勤圏内でさえあるのだが、当時は里庄駅もまだなく、浜中からは笠岡が最寄駅であって、簡単に通えるような距離ではなかった。何よりも仁科にとって浜中と岡山とでは環境がまるで違っていた。家族や女中らに囲まれた土地の名士の一族としての不自由のない生活から、同年代の対等な若者たちとの寮生活になったのである。しかし、じきに慣れて、勉強とスポーツの充実した学校生活をするようになった。

中学生時代の仁科が多くの友人を作ったことは、その時期に受け取った年賀状から分かる。中学・高校時代に仁科が受け取った書簡は、里庄の仁科会館にあり、現在整理中であるが、例えば一九〇九年には少なくとも二八件の年賀状を受け取っており、大部分は中学校の友人である。

仁科にとって中学時代の友人は重要だった。里庄の外の人たちと親しい交友関係を初めて持ったのである。特に庭球部で仁科は久重一郎という親友を得た。また拙著のなかで一九〇六年一〇月二一日に高松高校での試合で宇垣という者と組んでいることに触れているが（伊藤二〇二三、四九頁）、これは仁科がこの時期に受け取った書簡から宇垣完爾であると思われる。宇垣は当時陸軍少

明治 41 年度の庭球部選手（1909 年３月４日撮影、氷川卓爾氏提供、岡山朝日高校所蔵）右奥に立っているのが仁科。その左手前が久重。

佐、後の陸軍大臣、外務大臣となる宇垣一成の甥である。久重と宇垣は海軍兵学校へ進み、久重は海軍少将、宇垣は海軍中将になった。

第六高等学校での仁科のクラスメートたちは大部分が帝国大学に進学したが、旧制中学校の卒業者は必ずしもそうではない。旧制高校から帝大というのが当時は最上級の教育だが、六年間の就学期間が必要な上に、就職が保証されているわけでもないので、より実務に近い教育を選ぶものもいた。その意味で、帝大関係者以外に仁科が人脈を広げるのに岡山中学時代の交友は大きな役割を果たした。その一つは久重や宇垣のような軍関係者とのつながりである。当時は、旧制中学校を中退して海軍兵学校や陸軍幼年学校へ進むのが重要なエリートコースだった。拙著では、特に戦時中に陸軍との関係ができる上で、このつながりが重要だったことを述べた（伊藤二〇二三、七〇三―七〇六頁）。

もう一つは実業界へのルートで、中学を卒業した後、高等商業学校へ進み、その後実業界へ入る者がいた。典型的には畠山蔵六である。畠山は仁科と同じ明治四三年の卒業で、東京高等商業学校、今の一橋大学に進学し、その後は実業家としてのキャリアを歩んだ。戦後に仁科が科学研究所社長になったとき、顧問の一人となった（伊藤二〇二三、九一二―九一三頁）。

仁科と岡山中学との関係は終生続いた。仁科が亡くなる一年と少し前の一九四九年一一月二一日、岡山中学創立七十五年式典が開かれた。仁科は招かれて、その後の記念講演をした。演題は「我等の行手　原子爆弾が出来るまで」というものである。講演は岡山中学の校庭、つまり岡山城でなされ、その時取られた写真には背景に石垣が見える（伊藤二〇二三、九四三頁）。

1949年の仁科の講演（岡山朝日高校所蔵）

仁科は「母校であるこの学校でお話をすることは真に感慨深いものがあります」と始めて、次のように述べた。

> 私がこゝに居りました時は烏城が高く聳えておりまして、この下に寄宿舎があり、私は五年間この寄宿舎におつたのであります。そして旭川に舟を浮べ春は桜らんまんとして咲乱れ、秋には荒城の月の歌を歌つて中秋の月を眺め、この古い城の過去を回顧したのであります。今日こゝに参つて見ますと城は見えません。又校舎も全く変つて居ります。しかもこれが今日の日本の姿であります（仁科一九五〇、二一頁、旧漢字は新漢字に改めた）。

そして、原子爆弾ができる過程と、日本が戦争を始めたことの責任ついて述べたあと、「諸君は今後、先程申し上げたように日本の運命を担っておられる皆さんであります。どうかこの日本が今後誤つた道をふまないよう、正しき道を真直ぐに踏んでいくことに努力するよう希望するものであります」（仁科一九五〇、二一頁、旧漢字は新漢字に改めた）と述べて結んだ。

私が最近訪れた二〇二四年の春はちょうど桜の季節で、旭川の桜並木は見事な花を咲かせていた。これが旭川に浮かべたボートから見た景色だったのだろう。しかし、仁科が中学時代を過ごしたころの風景はほかにほとんど残っていないかもしれない。それと同時に、仁科がこの講演をした時からすでに七十五年経っていることも感じざるを得ない。

文献

伊藤憲二 二〇二三『励起―仁科芳雄と日本の現代物理学』みすず書房。

後神俊文二〇一六『旧制岡山中学校史余録』後神俊文。

仁科芳雄（一九五〇）「我等の行手」『烏城』七十五周年記念誌、二一―三一頁。

謝辞

資料・コメントおよび写真の使用許可を頂いた後神泉先生に感謝します。

いとう・けんじ　一九六七年生まれ。ハーバード大学科学史科修了。東京大学先端科学研究センター、東京大学情報学環、総合研究大学院大学を経て、現在、京都大学大学院文学研究科准教授。専門は科学技術史。趣味は読書等。

科学随筆U30（三）

技術発展が果たす意外な役割

植田 康太郎

うえだ・こうたろう。一九九八年三月生まれ。北海道大学大学院理学院自然史科学専攻科学コミュニケーション講座修士課程在学中。研究テーマは、科学随筆を用いた科学コミュニケーション手法の探究。

物理の概念を人にうまく伝えることは難しい。ビジュアルを用いて説明できるものは、まだ説明しやすい。例えば、力学の斜方投射や垂直落下は、実際に図を用いた説明ができるし、日常生活とそこまで乖離した話題でもないため、直感的に理解しやすい。また、電磁気学の電気や磁気なども、数式で説明すると難しいが、同じ極同士は反発し、違う極同士は引き合うというのは実感として理解しやすい。

一方で、物理学の概念は、抽象的で目に見えないものが多い。例えば、相対性理論を説明するにはどうすればよいだろうか。時間と空間が実は等価で、伸び縮みする存在であると説明したとしても最初はあまりピンとこないだろう。また、量子力学では位置と運動量が非可換である不確定性原理や、量子は確率的にしかその存在を記述できないという性質はなかなか説明するのが難しい。

このようなときはどうすればよいだろうか。

初めて出会った概念がよく分からないものであった場合、私たちは、まず具体例を用いて理解することが多い。それは、物理学でも同様で、はじめて難しい概念が登場した際は、具体例を提示することが有効だ。その具体例の中には、科学技術の発展によって誕生したものも多くある。

例えば、相対性理論では「等価原理」という概念が登場する。これは、一般相対性理論で前提とされる考え方で、重力と加速度運動中における慣性力というものは区別できないという主張だ。このように文章の羅列だけで等価原理を説明するのは不可能ではないが、このような説明で理解できる人はほとんどいないだろう。そこで、等価原理を説明する王道の手段としてエレベーターを用いた思考実験がある。周囲からの情報を遮断されたエレベーター内にいる観測者を想定しよう。このとき観測者は、手にりんごを持っていたとする。りんごから手を離したとき、りんごは足元に落下した。この現象を説明するには、二つのやり方がある。一つは、エレベーターは、地球に存在しており、りんごは地球の重力によって落下した。もう一つは、エレベーターは上へ加速しており、りんごは加速度運動による慣性力によって落下したというものだ。等価原理によれば、観測者はこの二つのどちらが正しいかを区別することができないということを主張できる。

このように、具体例を用いれば、抽象的な物理の概念でもいくぶん説明しやすくなる。他にもこのような科学技術の産物による具体例は表のとおり複数ある。

ここからわかるのは、科学技術の発展は、私たちの物理の理解を促進するということである。逆に、これらの具体例がこの世になければ、物理の概念を理解するのはかなり困難だろう。例えば、もしエレベーターというものが存在しなかったとき、等価原理というものを人類がうまく理解できただろうか。また、救急車というものが存在しなかったとき、人間はドップラー効果という現象があることを実感できただろうか。科学技術の発展によって私たちの生活はより豊かになった。しかし、それだけでなく科学技術の発展は私たちのイメージをより豊かにし、物理の理解を助けるという補助的な役割も果たしているといえる。

物理の概念	具体例
等価原理	エレベーター
光速度不変の原理	電車・車
慣性の法則	電車・車
ドップラー効果	救急車
ベルヌーイの定理	飛行機の翼
波の干渉	ノイズキャンセリングイヤホン

さらに議論を深めると、表で説明されるような具体例は二種類に分類できる。その基準は、「その具体例は、その物理の概念を活用することが主な目的として開発されたかどうか」である。例えば、ノイズキャンセリングイヤホンは雑音を消去するために、波の干渉という物理現象を活用している。また、飛行機の翼もベルヌーイの定理を利用して揚力が生じるように設計する。このように、その物理の概念を活用するために開発されたものが、実際の具体例として提示

されるというのは分かりやすい。しかし、それだけでなく、その物理の概念を活用するために開発されたわけではないが、実際の物理の理解に役立っているものがある。例えば、エレベーターは、等価原理を利用するためではなく、人間や荷物を垂直方向に移動させるために開発された。救急車も同様に、ドップラー効果を活用するために開発されたものではない。あくまで、負傷者を速やかに救急するために生まれたものである。しかし、どちらも結果的には、等価原理、ドップラー効果を説明する最も王道な手段として物理の教科書に登場する。個人的には後者のほうが、意外性があり興味深いと考える。

このように、現在、さまざまな物理の概念を説明する際に、有効な具体例というものが存在する。では、これまで抽象的で難しかった物理の概念が、今後新しく開発されるテクノロジーによって、理解できるようになるのではないか。

例えば、物理学の中でも、量子力学を直感的に理解することは難しい。量子力学には、不確定性原理や量子もつれのような、私たちの日常と乖離した現象が起こる。このような量子力学の概念をわかりやすく説明するというのはなかなか至難の業である。しかし、この量子力学でも等価原理にとっての「エレベーター」や波の干渉にとっての「ノイズキャンセリングイヤホン」のような新たな具体例が科学技術の発展によって生み出されれば、より量子力学を理解できるようになるのではないか。

例えば、一つの可能性として量子コンピュータがある。量子コンピュータとはその名のとおり、量子力学の理論をベースとしたコンピュータである。この量子コンピュータが実用化されるのが何十年後になるかは分からないが、もし、一般的に普及した場合、量子力学をより直感的に理解できるような人類が誕生するかもしれない。

それとも、先程のエレベーターや救急車のように、量子力学とは全く関係ない科学技術の産物が、量子力学の理解を助けるような具体例となるかもしれない。個人的にはこちらの具体例の方に興味がある。その物理の概念を活用するために開発されたものが、その概念を理解するために有効であるというのは誰もが想像できるだろう。それに対して、エレベーターや救急車のような思ってもいないものが、物理の概念の具体例としてとても有効であるという場合がとても面白い。量子力学においてもそのような具体例が科学技術の産物として登場することを願う。いや、もしかしたらすでに存在するもののなかで具体例として適切なものがあるかもしれない。

物理の発展によって、人類の科学技術が進歩してきた。たしかに、物理の発展なしに、コンピュータは登場しなかっただろうし、GPSやロケットなども誕生しなかっただろう。しかし、逆に科学技術が発展して、具体例となりうる製品が登場することによって、物理の概念が説明しやすくなり、人類は物理をより理解できるようになるというプロセスもある。物理から科学技術へのプロセスは他でもよく見る説明である。しかし、科学技術から物理へのプロセスも人類の物理の理解にとって、とても重要ではないだろうか。このような双方向のプロセスが進むことによって、物理と科学技術が両輪となってこれからも発展していくことを期待したい。

【講評】

佐藤 文隆

科学技術の進歩で登場した社会的、生活上のインフラによって、現代物理学の原理を体感できることを指摘している視点は興味がある。相対論や量子力学を持ち出す前でも、歴史的にみて物理学が社会を変えた最大のエポック・メーキングなことは電磁気が我々の世界に入り込んでいることである。注意すべきは、ここではあまりにも日常生活に密着しているために物理学の原理との関連が時代とともに隠されていってるような気がする。電気部品がパッケージ化されて素人から見えにくくなっている。電気製品の安全管理が徹底して感電する機会もめっきり減った。タングステンのフィラメントが覗き見えた電球の中は何か魔法の部屋のように見えたものである。また、地震での災害にでも遭えば深刻に認識するが、電柱での送電を眺める意識も欠落してきた。

多くの人が体験する社会的、生活上の科学技術インフラと物理学の概念の理解を進める事例をシステマティックに列記してみるという試みは大事なことだと思う。それと同時に電磁気のようにどんどん見えにくくなっていることにも注目していく必要もある。

（さとう・ふみたか、京都大学名誉教授）

【講評】

細川 光洋

湯川秀樹は「目と手と心」（一九四三）の中で、「物を知るには「目」が必要であった。……顕微鏡が発明され、エックス線発生装置が考案され、それによって肉眼が補強されて、初めて自然の本当の心を見抜くことができた」と述べている。技術の発展によりさまざまな機械が発明され、それによって「形ある物としての機械の背後」にある「目に見えない自然力」が明らかになっていったというのである。コンピュータやスマートフォン、ＧＰＳ機能や生成ＡＩなど、加速度的に進む技術革新の中で、ともすると見落とされがちな、その背後にある物理の概念（目に見えない自然力）にあらためて着目するという点に、本文の新味はあろう。

しかし、植田氏の指摘する物理（科学）と技術の「双方向のプロセス」は、必ずしも「意外」なものではない。朝永振一郎は「物理学の考え方」（一九七七）において、「科学に先行する技術」「科学から生まれる技術」についてそれぞれ具体例を挙げながら述べているが、科学と技術には「科学が技術の進歩を促し、技術が科学の進歩を促す」という相補的な関係がある。そしてそのなかで、人類は映画『オッペンハイマー』に描かれたような技術も産み落としてしまったことを忘れてはならないだろう。技術の発展が持つ正負の両面を理解しておくと、さらに論が深まるように思う。

（ほそかわ・みつひろ、静岡県立大学国際関係学部教授）

窮理のことのは（一）

人・言語・思考――日本における源流を探る

今野 真二

一　はじめに

二〇二三年十二月三日に鎌倉漱石の會で「漱石の脳内辞書」というタイトルで話をさせていただいた時に伊崎修通さんにお目にかかったことがご縁となり、本誌第二十五号（二〇二四年四月）に「宣長・秀雄・秀樹　主観と客観とをめぐって」を、第二十六号（二〇二四年九月）に「虫・鳥と生活する」を載せていただいた。

稿者は日頃、言語特に日本語を観察対象として分析、考察を行なってきており、そうした観察、分析、考察の中で、かねてより、「主観／客観」ということを初めとして、広い意味合いで人間にかかわる「情報」が言語によってどのようにかたちを与えられるか、ということについて興味をもち続けている。稿者は、「情報」を便宜的に「ことがら情報」と「気持ち・感情情報」とに分けるモデルを使っているが、「思考」をどのように位置づけるかということについても考える必要があるだろう。そうしたことを伊崎さんにお話したところ、「窮理のことのは」というタイトルで、連載することをお許しいただいた。幕末・明治期に出版されている「窮理学」テキストで使われている日本語について、ひろく紹介していく、ということを基本とする連載を予定しているが、第一回では、少し遠いところから話を始めさせていただきたい。

人間が何かを観察し、観察した結果を分析、考察して、得られた情報＝知見を言語化してアウトプットするというのが、稿者の考える基本的な枠組みであるが、情報がどのように言語化されるか、ということについては十分に検討、検証する必要があるだろう。今回は、連載中に使うであろう用語や概念、稿者の使っているモデルなどについて、簡単に整理しておくことにしたい。

二　情報のインプット・アウトプット

脳内に、他者に伝えたい「情報」がある。この「情報」はまだ「形」をもっていないので、安定していない。言語によって「情報」に「形」を与え、アウトプットすることを「言語化」と呼ぶことにする。言語以外の「手段・やりかた」によってアウトプットすることももちろんできる。「形」をもっていない「情報」一般ではなく、「言語化」される直前の安定していない状態を「アモルフォス（準安定状態）」と呼ぶことにする。こうしたことについては、今野真二（二〇二四）において述べた。

これまでは、自身の脳内の「情報」をアウトプットするということを話題にしてきた。しかし、「情報」のインプットについても考えておく必要がある。脳内の「情報」は自身の「外部」でうまれた「情報」が蓄蔵されている場合もあり、また自身の「外部」でうまれた「情報」をきっかけとして自身の「内部」でうまれてくる場合もあることがごく自然に推測される。「かきことば」としてアウトプットされている「情報」、たとえば、書物としての形をもっているような場合、その書物を「よむ」ことによって「情報」を得、それが脳内に蓄積される、と言語を通して表現することが多いだろう。その場合、「情報」はあたかも「ありのままの形」で脳内に蓄積されたかのように思われる。しかし、「よむ」という言語活動には活動の主体となる「読み手」が介在しており、「読み手」抜きに、自動的に「情報」が脳内に蓄積されるわけではない。つまり、「情報」のインプットに、そもそも人間が介在している。このことは、同じ話を聞いていた十人が、「同じ話」を「まったく同じ話」としては受け止めていないというような「実験」をすればすぐに確認できるだろう。「情報」のインプットにも、そして当然のことではあるが、アウトプットにも、人間が介在している。

三　人間が言語を使う

「人間が介在している」ということを言語学（日本語学）はどうとらえているか、ということをさらに整理しておきたい。言語学、すなわち言語を観察対象とする学は「人間が使っている言語」ということを承知した上で、いわば「人間が使っている」をはずして成り立っているといってよいだろう。「人間が使っている言語」から「人間が使っている」をはずせば「言語」だけが残る。今、ここでは、ごく一般的に使われているような意味合いで「客観的／主観的」ということばを使うことにするが、使っている人間をはずすことによって、言語学は客観的、すなわち「科学的」であることを保とうとした。

しかし、人間が使っている以上（という述べ方をしておくが）、言語は（これまた、ごく一般的に使われているような意味合いで使うが）「合理」に徹することはできない、ともいえるだろう。言語の観察から人間をはずし、言語をできるだけ「合理的」にとらえ、そのことによって「科学」としての位置を得ようとしたのが言語学であるとみるならば、その「対極」には、言語の観察に人間を含め、言語の「非合理的な面」も視野に入れ、それを「人間の（非合理的な）歴史」の中に定位させるという言語学があることになり、言語の学にはそもそも「二つの道」があることになる。また、渡邉雅子（二〇二三・二〇二四）の言説が公表されている現時点においては、「合理主義」「非合理主義」という概念そのものの吟味も必要になるが、今そのことにはふみこまないことにしたい。

そして、そうであるならば、科学的であることを標榜してきた言語学の「成果」には「非合理」的な存在である「人間」が含まれていないことになる。そのようにとらえると、言語学という学をめぐって、「科学的・抽象的な記号体系」ということと、「具体的・非合理的な人間の言語表現」ということとについて、検討しておく必要があることに気づく。「人間が使っている言語」から「人間が使っている」をはずすことができるのか、ということについては、やはり吟味、検証する必要があるだろう。これまでの言語学（日本語学）がとにもかくにも、そのようであったことからすれば、それは「できなくはない」とみるべきだろう。しかし、そのように「人間が使っている」をはずした言語を観察するのは、結局は人間であることは避けられないのではないか。

亀井孝（一九七一）は、「文献学」をめぐって、「みちは、ことば（＝表現）をそのまま人間の歴史としてとらえるか、表現の秘密を人間に君臨する記号の体系へまで抽象してゆくかで、わかれるのである」（五頁）と述べ、さらに「前者が、厳密な意味での（狭義の）科学にならないことは、いうまでもない。それは事実（＝歴史的事実）を記述するが、説明はしない。資料に対して解釈はほどこすが、原理の憲法をさだめて以て理論のわくを構築するのたちばとはしょせんはだがあわない」「したがって、もし後者を（形式主義の倫理学における道徳律に比すべき）記号のいわば至上命令をときあかそうとする合理主義であるとするならば、前者は人間のことばのいとなみをそのまま人間の（非合理の）生のその一つの客観化された形態としてとらえてゆこうとするもの、哲学の用語をかりていえば、すなわち合理主義に対する非合理主義のたちばにほかならない。そして、このようなちがいは、もともと科学と歴史とその本質のちがいに根ざすものとみてよいであろう」（五頁）と述べている。

四　観察者

今ここでは、人間がかかわることがらを観察し、分析、考察する学を「人文科学」、人間がかかわらないことがらを観察し、分析、考察する学を「自然科学」と呼ぶことにする。人文科学も、自然科学も、観察し、分析、考察するのは（最終的には）人間であるといってよいだろう。そして、観察・分析・考察の結果は、言語化されていることが多い。

『万葉集』は八世紀頃の日本語でかたちづくられている。その『万葉集』を現代日本語としている人が観察する。

『万葉集』という言語化されたテキストを虚心坦懐に観察して、八世紀の日本語についての何らかの知見を得、それを言語化して論文として発表する。人間が介在しないで、（「客観的」ということばをごく常識的に使うが）客観的に知見を得ているように感じるかもしれない。しかし、そこには観察者、しかも現代日本語を母語とする観察者が確実に介在している。観察者は観察者の眼を離れることはできない。

自然科学においても観察者は存在する。W・ハイゼンベルク『部分と全体』のV「量子力学およびアインシュタインとの対話」においては「理論があってはじめて、何を人が観察できるかということが決まります。観測というのは、一般に非常に複雑な過程であることがおわかりでしょう。観測されるべき現象が、われわれの測定装置に何事かを引き起こします。その結果として装置の中でさらに別の現象が発生し、それがまわりまわって、遂に感覚的な印象をつくりだし、われわれの意識の中へその成果を定着させます」（一〇四頁）と述べられており、Ⅸ「生物学、物理学および化学の間の関係についての対話」においては「われわれは観測されるべき現象を乱すことなしに観測することができない」（一六八頁）と述べられている。

五　おわりに

「遠いところ」から話が始まったように思われるかもしれないが、「抽象／具体」「部分／全体」「観察者」「学の体系性」は現時点における稿者のキーワードであり、こうしたことを「外枠」としてとらえながら、いろいろなことがらについて観察し、分析していることからすれば、どうしても、そこから話を始めたい。次回はもう少し「窮理」に近づいていくことにしたい。

参考文献

亀井孝　一九七一　言語の歴史（『言語の系統と歴史』所収、後、一九八六年、吉川弘文館『亀井孝論文集5』再収、引用は後者による）

今野真二　二〇二四　音声の文字化をめぐって（和泉書院『国語語彙史の研究』四十三、所収）

W・ハイゼンベルク　一九七四　『部分と全体』（みすず書房）

渡邉雅子　二〇二三　『「論理的思考」の文化的基盤』（岩波書店）

渡邉雅子　二〇二四　『論理的思考とは何か』（岩波新書）

こんの・しんじ。一九五八年生まれ。早稲田大学大学院博士課程後期退学。高知大学助教授を経て、現在、清泉女子大学教授。専門は日本語学。受章歴は金田一京助博士記念賞（『仮名表記論攷』）。著書に、『図説 日本語の歴史』『日本とは何か』『うつりゆく日本語をよむ』『言霊と日本語』『北原白秋』『日本語 ことばあそびの歴史』『『広辞苑』をよむ』『漢和辞典の謎』など多数。植物や鳥・昆虫が好き。

本誌『窮理』について：本誌は、物理系の科学者が中心になって書いた随筆や評論、歴史譚などを集めた、読み物を主とした雑誌です。誌名の「窮理」とは、「理を窮め性を尽くし以て命に至る」という周易 説卦伝の冒頭に由来する言葉で、江戸時代の儒学者や蘭学者たちによって、現在の物理学に近い内容を指すものとして用いられました。幕末・明治期になると、緒方洪庵や福沢諭吉らによって、「窮理」はさらに西洋科学の根幹学問として広められ、これが次第に「物理」に代わっていったという歴史的背景があります。長い歴史の中で、それぞれの時代の思潮に育てられながら、日本の将来を託すべき新しい文明精神の指標として、窮理の思想はつくられてきました。このような背景の下、21 世紀の現代に、新たに、本来あるべきその哲学的思索の道を切り拓くべく、本誌を創刊いたしました。寺田寅彦や中谷宇吉郎、湯川秀樹、朝永振一郎といった先人の物理学者に倣って、科学の視点に立ちながらも、社会や文明、自然、芸術、人生、思想、哲学など、幅広い事柄について自由に語る場を、広く読書家の方々と共有していきたいと考えております。

表紙と裏表紙について：本誌の表紙と裏表紙には、科学者の先生が描かれた絵と、中国唐代の書家 褚遂良《ちょすいりょう》の『雁塔聖教序《がんとうしょうぎょうじょ》』から採った題字を載せております。

編集後記

▼お陰様をもちまして小誌は本年七月で創刊十周年を迎えます。これまでご執筆いただいてきた諸先生方はじめ読者関係者の皆様に心より感謝申し上げます

▼「科学随想の歴史を伝承し、文理の壁を取り払う」を旗印に小誌を起ち上げたのは二〇一五年。兎走烏飛の十年でしたが、その間にいくつかの新たな企画も生まれ、中でも小誌が機縁で実現された寺田寅彦シリーズはまさにその結晶です

▼今後も何を為すべきか、何を為し得るかを模索しながら、愚直に精進してまいる所存です。（之）

窮理
KYUURI

通巻第二十七号
二〇二五年五月一日発行
定価一一〇〇円（本体一〇〇〇円）
編集・発行人　伊崎修通
発行所　窮理舎

ISBN978-4-908941-47-4

〒三二六-〇八二四　栃木県足利市八幡町四八七-四
電　話　〇二八四-七〇-〇六四〇
FAX　〇二八四-七〇-〇六四一
URL　https://kyuurisha.com/

印刷・製本　株式会社明光社

Printed in Japan

電子媒体のご案内

この度は『窮理』をお読み下さり誠にありがとうございます。本誌は電子媒体も発行しており、Amazon Kindle ストアで販売しております。

URL（https://www.amazon.co.jp/）からお手続き下さい。

紙媒体は限定で販売しております。ホームページにて取扱店と在庫をご確認のうえ、お求めください。